Rivaux ou amants

ELLIE DARKINS

Rivaux ou amants

Traduction française de
ANNE DAUTUN

AZUR

HARLEQUIN

Collection : Azur

Titre original :
RULES OF THEIR PARISIAN FLING

HARPERCOLLINS FRANCE
83-85, boulevard Vincent-Auriol, 75646 PARIS CEDEX 13
Service Clients — www.harlequin.fr
ISBN 978-2-2804-9900-2 — ISSN 0993-4448

Édité par HarperCollins France.
Composition et mise en pages Nord Compo.
Imprimé en février 2024 par CPI Black Print (Barcelone)
en utilisant 100% d'électricité renouvelable.
Dépôt légal : mars 2024.

FSC
www.fsc.org
MIXTE
Papier issu de sources responsables
FSC® C159065

Pour limiter l'empreinte environnementale de ses livres, HarperCollins France s'engage à n'utiliser que du papier fabriqué à partir de bois provenant de forêts gérées durablement et de manière responsable.

1

— Ah, la voilà ! Livia, j'aimerais te présenter Adam Jackson.

Livia se rembrunit. Le nom indiqué par son frère aîné ne lui donnait aucune indication sur l'identité de l'inconnu introduit dans son bureau, ni sur la raison de sa présence. Elle se tourna vers le duo et leva les yeux dans l'attente d'une explication. L'homme était loin d'être désagréable à regarder. Grand, brun et séduisant, il avait tout du parfait play-boy. Un vrai cliché ambulant !

Elle lui tendit la main en se demandant si elle aurait l'occasion de faire plus ample connaissance avec lui, dans un cadre moins professionnel. De toute évidence, les pensées du « séducteur » avaient suivi le même chemin : elle remarqua son regard dilaté, la rougeur diffuse de sa peau légèrement hâlée, et sut aussitôt que l'intérêt était réciproque.

— Adam est consultant en stratégie, spécialisé dans l'industrie cosmétique de luxe, dit Jonathan. Je l'ai engagé pour travailler avec toi sur le projet de parfum.

Livia haussa les sourcils de façon marquée en s'efforçant de contenir une réplique cinglante. Mais à quoi jouait donc son frère ? Elle tenait à garder une attitude professionnelle, et ne voulait pas gâcher ce moment torride en congédiant cet homme, alors elle se tourna vers Jonathan et demanda d'un ton qu'elle espérait courtois :

— As-tu une raison de croire que je suis incapable de gérer ça moi-même ?

Son frère secoua la tête.

— Je pense que tu es tout à fait compétente, dit-il en contrôlant sa voix avec autant de soin qu'elle. Mais c'est un projet ambitieux, et je ne tiens pas à ce que tu sois sous pression. J'ai parfaitement remarqué que tu avais accumulé les heures de travail, récemment.

Livia se tourna vers l'homme qui accompagnait son frère en maudissant le destin qui la mettait en présence d'un spécimen masculin aussi craquant pour l'en priver l'instant d'après.

— Adam, je suis navrée que vous ayez fait le déplacement pour rien, mais il n'y a pas de poste disponible dans mon équipe.

Elle se dirigea vers le seuil pour les congédier, avec un soupçon de regret, mais son frère, beaucoup plus grand qu'elle, la prit de vitesse, Adam sur les talons.

Elle croisa les bras, attendant que le duo libère le passage.

— J'ai essayé de te mettre au courant la semaine dernière, dit Jonathan. Je t'ai demandé un entretien, mais tu as répondu que tu n'avais pas le temps, tu te souviens ?

— J'ai donné la priorité à un rendez-vous avec Claude Gaspard. Si j'avais su que tu me court-circuiterais, j'aurais trouvé le moyen de te voir.

— Liv, ce n'est pas ça, dit Jonathan d'un ton mielleux qui fit monter en flèche la tension de Livia. Nous voulons tous que ce projet réussisse, mais pas à n'importe quel prix. Tu travailles beaucoup trop dur, il te faut quelqu'un avec qui partager la charge.

— Ah, et tu supposes que je ne suis pas capabl…

Elle fut interrompue par un toussotement dépourvu de subtilité, sur sa gauche. Elle esquissa un regard vers Adam, puis braqua de nouveau les yeux sur Jonathan – non sans maudire une fois de plus le destin.

— Je suis désolé, dit Jonathan en se tournant vers Adam comme s'il se rappelait soudain qu'il n'était pas en tête à tête avec sa sœur. Liv, on rediscutera plus tard. Pour le moment, débrouille-toi pour collaborer avec Adam, car il va rester. Passez me voir avant de quitter le bureau ce soir, Adam, nous parlerons de l'autre sujet qui nous occupe…

Là-dessus, il s'éclipsa, les laissant seuls. Livia savait qu'elle ne devait pas reporter sa colère sur le nouveau venu. Elle aurait dû la diriger contre son aîné dominateur, qui avait tenu le rôle de père de substitution depuis que leurs parents les avaient abandonnés alors qu'elle était encore adolescente. Mais elle ne pouvait en vouloir à Jonathan, qui agissait ainsi par affection pour elle. De plus, il allait épouser sa meilleure amie et, d'ailleurs, il avait déjà quitté la pièce ! En revanche, elle pouvait en vouloir au destin de lui présenter un homme qu'elle ne pouvait pas avoir… Elle se força à refouler les images sensuelles qui l'envahissaient tandis qu'elle se tournait vers lui.

— Je suis navrée que mon frère ait pris la liberté de…, commença-t-elle.

Adam croisa les bras, geste qui souligna davantage encore ses muscles, et, de façon très agaçante, dit simplement :

— Votre frère est le P-DG. C'est lui qui décide.

— Simple détail technique, répliqua Liv. Il s'agit d'une affaire familiale et…

— C'est à lui que tout le monde en réfère, non ? coupa

Adam. Y compris vous. Le « détail technique » implique qu'il a signé mon contrat ce matin et que vous n'y pouvez rien.

Il parut songeur un instant, ses lèvres esquissant une sorte de moue qui n'apaisa en rien la libido traîtresse de Livia.

— Enfin, je suppose que vous pouvez engager une procédure pour l'annuler, concéda-t-il, magnanime, avec un sourire qui éveilla en Livia des pensées licencieuses. Si vous le vouliez, bien sûr. Mais ce serait une perte de temps et d'argent, et il semble que vous n'ayez guère de disponibilités de ce côté-là.

Il avait raison, elle le savait. Elle ne pouvait pas essayer de se débarrasser de lui au risque de se détourner de son but. Depuis qu'elle avait enfin convaincu son frère aîné que la maison de couture familiale devait lancer une ligne exclusive de parfum et de cosmétiques, elle avait quasiment consacré tout son temps à ce projet. C'était pour ça qu'elle n'avait pas pu libérer un créneau lorsque Jonathan avait sollicité une demi-heure d'entretien, à la dernière minute et sans lui dire de quoi il retournait.

À ce moment-là, elle était en pleine conversation téléphonique avec un maître parfumeur parisien. Elle tentait de le persuader d'aménager son planning annuel pour recréer le parfum conçu par son arrière-grand-mère dans les années 1930, mais jamais lancé. Rowan, la meilleure amie de Livia, avait déniché les antiques documents dans le manoir familial des Cotswolds l'année précédente, pendant l'été. Et si Rowan n'avait pas réussi à amadouer son frère aîné au cours de ce séjour, le projet n'aurait sans doute jamais vu le jour. Aujourd'hui, elle était sa fiancée…

Une fois amoureux de Rowan, Jonathan s'était montré beaucoup plus disposé à écouter Livia qu'il ne l'avait jamais été. Elle avait escompté qu'il s'agissait d'un changement permanent et non d'une période passagère limitée à la

« lune de miel » de son frère, et s'en était satisfaite. À tort, elle s'en rendait compte à présent.

— Oh ! nous vous payerons, dit-elle à Adam en essayant de trouver le moyen le plus rapide de contourner cet obstacle et de ne pas dévier de son projet.

Il ignorait, espéra-t-elle, que l'entreprise n'avait pas les moyens financiers d'entreprendre des poursuites judiciaires.

— Mais je n'ai pas besoin de votre aide, continua-t-elle. Il y a des mois que je travaille sur ce projet, et je suis parfaitement capable de le lancer moi-même.

Adam secoua la tête sans bouger d'un pouce – on aurait dit qu'il avait pris racine devant le bureau de Liv.

— Je n'accepterai pas d'être payé pour un job que je n'aurai pas fait.

— Alors, rendez l'argent ! dit-elle d'un ton qui se voulait désinvolte, comme si elle se moquait de ce qu'il ferait.

Et elle feuilleta des documents sur son bureau, feignant d'être tout à fait sereine.

Quand Adam éclata de rire, elle fut surprise. Son visage était métamorphosé et, fugitivement, elle se demanda ce qu'elle ressentirait si elle le faisait rire ainsi sans éprouver le mépris qu'il lui inspirait. Mais elle combattit cette pensée. Quelque chose lui disait qu'elle ne pouvait pas s'autoriser une seule seconde à lâcher la bride à son désir si elle voulait éviter qu'il se passe quelque chose entre eux.

— Désolée, j'attends un coup de fil, lui dit-elle en évitant de poser les yeux sur lui.

— Si cet appel concerne le projet de parfum, alors je devrais y être associé, répondit Adam.

Ce n'était pas du tout la réponse qu'elle recherchait. Et il n'était pas question qu'elle permette une telle chose. Le seul problème était que l'appel téléphonique parviendrait dans son bureau d'une minute à l'autre. Et elle ne voyait pas très bien comment en faire sortir une armoire à glace d'un mètre quatre-vingt-cinq en un laps de temps aussi bref.

Comme à point nommé, son téléphone sonna et, sans rompre le contact visuel avec elle, Adam se pencha pour appuyer sur la touche de prise d'appel via le haut-parleur. Livia le foudroya du regard, mais que faire alors que la communication s'établissait avec Paris ?

— *Bonjour*, dit-elle en français, en essayant de ne pas laisser transparaître son irritation.

Un flot de paroles se fit entendre à l'autre bout du fil, qu'elle aurait suivi avec mille fois plus de facilité si elle avait pu oublier qu'Adam était dans la pièce, et qu'elle ponctua de « mmm, mmm » et de « oui » sans glisser les réponses qu'elle avait pourtant préparées avec soin la veille au soir. Jonathan en déduirait probablement qu'elle ne méritait pas qu'on lui fasse confiance, la mettrait à l'écart et confierait la totalité du projet à Adam.

Elle s'empressa de mettre fin à la conversation.

— Tous vos coups de fil sont-ils aussi inutiles que celui-là ? demanda Adam.

Sa belle bouche esquissait un rictus, et elle l'aurait volontiers giflé ! Rien que pour voir s'il était capable d'une autre expression que le mépris.

— Je travaille mieux sans chien de garde, dit-elle, se demandant s'il avait l'intention de s'attarder encore longtemps devant son bureau tandis qu'elle faisait mine de pouvoir accomplir son travail. Avez-vous l'intention de quitter mon bureau à un moment ou un autre ?

— Je n'en sais rien. Cela dépend de votre intention de partager votre planning avec moi pour que je puisse me joindre à vos rendez-vous.

Livia émit un rire forcé.

— Vous n'êtes pas au bout de vos peines, si vous voulez mon agenda, Adam.

Il croisa de nouveau les bras et la toisa.

— *Confessions secrètes d'une petite princesse* ? Merci bien, mais je me passe de vos notes personnelles.

— Vous ne savez rien de moi !

— J'en ai déjà assez vu, répliqua-t-il avec un sourire suffisant – sans doute destiné à signifier qu'il avait déjà rencontré des tas de femmes comme elle, riches, jolies et travaillant pour l'entreprise familiale.

Il pensait donc la connaître ? Il considérait probablement qu'elle n'occupait un poste chez Kinley que par népotisme. Qu'on lui avait donné un rôle dans l'entreprise familiale parce que c'était ainsi qu'on traitait les héritières dans son genre. Il ignorait qu'elle avait consacré des mois à préparer le plan de développement, en fouillant dans les archives et en multipliant les études de marché. Adam s'imaginait peut-être qu'il allait reprendre les rênes des mains d'une enfant gâtée qui ne savait pas ce qu'elle faisait, mais il se trompait lourdement !

Elle n'avait pas été au top lors du récent appel, soit. Mais c'était entièrement la faute d'Adam. Elle aurait fort bien géré les choses s'il n'avait pas été planté devant son bureau pour tenter de l'intimider.

— Très bien. Mon assistante vous communiquera mon emploi du temps si vous disparaissez de ma vue. Nous en avons terminé, maintenant.

Consentir aux exigences d'Adam n'était pas un précédent souhaitable, mais il lui fallait trouver un plan, déterminer la marche à suivre pour gérer cet incident. Elle avait besoin de temps pour ça.

Adam eut un nouveau rictus. Elle ne manquait pas d'idées sur les moyens d'effacer cet air méprisant de son visage. Certains l'auraient menée dans une cellule, et les autres n'étaient pas recommandés sur un lieu de travail.

— Cette conversation n'est pas terminée, dit-il.

Il ne se tourna pas vers la porte. Elle leva les yeux au ciel, puis pivota vers son ordinateur, espérant qu'il se lasserait de la toiser et lui ferait la faveur de partir. Elle finit par entendre le bruit de ses pas et, alors qu'il s'éloignait dans le couloir, elle put enfin respirer librement.

— Liv, il faut que tu viennes dans mon bureau !

Livia réprima un gémissement rauque en entendant la voix de son frère. Il était plus de 20 heures, et elle avait une faim de loup. De plus, elle ne pourrait pas lui échapper une fois à la maison. Depuis qu'il avait révélé les soucis financiers de Kinley, elle-même et ses deux frères avaient renoncé à leurs maisons individuelles et habitaient dans la demeure qu'elle avait héritée de sa grand-mère.

— Jonathan, ça ne peut pas attendre qu'on soit à la maison ? dit-elle, glissant des dossiers dans son sac alors qu'elle franchissait le seuil du bureau de son frère.

Quand elle leva les yeux, elle manqua heurter le torse imposant gainé d'un T-shirt noir d'Adam Jackson.

— Évidemment, vous êtes ici, vous ! bougonna-t-elle.

Ce qui lui valut un nouveau rictus d'Adam et un soupir las de Jonathan. Au moins, elle serait bientôt à la maison où – avec Rowan ou seule – elle pourrait s'enfermer dans sa chambre et faire comme si son frère n'existait pas.

— Jonathan, on ne peut pas voir ça à la maison ? Il est tard, et je suis sûre que tu veux retrouver Rowan.

C'était un coup bas mais, après la journée qu'elle avait

eue, elle n'allait pas se gêner pour tirer parti de l'unique point faible de son frère. Les traits de Jonathan s'adoucirent, jusqu'à ce qu'il se ressaisisse avec un regard noir en réalisant ce qu'elle venait de faire.

— Il faut régler ça maintenant, lui dit-il. Puisque c'est de la maison qu'il s'agit. Adam a quitté l'Écosse pour prendre ce poste, et l'hôtel où il a réservé vient de le joindre pour annuler. Je l'ai invité à s'installer chez nous.

Livia, bouche bée, fixa son frère. Il ne pouvait tout de même pas lui lâcher ça maintenant, sans prévenir !

— Chez nous ? Chez *moi*, tu veux dire !

Elle se rendait compte que sa réaction était puérile. Une réaction d'enfant gâtée. Tout ce qu'elle aurait voulu prouver qu'elle n'était pas. À Adam.

— Je croyais qu'on était tous d'accord pour inviter des gens dans nos maisons respectives, observa Jonathan avec un regard plein d'innocence.

Ce qui lui aurait paru de bonne guerre si elle avait été d'humeur à le reconnaître, car elle avait pour sa part invité Rowan chez Jonathan l'année passée – incapable d'affronter un séjour d'une semaine avec ses frères sans le soutien de sa meilleure amie.

Elle n'aurait pas dû être surprise, réellement, que cela se soit retourné contre elle, et de façon spectaculaire. Maintenant, elle ne pouvait plus escompter que sa meilleure amie se rangerait toujours de son côté. Elles s'efforçaient de ne jamais mentionner le « sujet qui fâche », car Livia ne supportait pas l'idée que, mise en situation de devoir choisir, Rowan prendrait le parti de Jonathan.

Elle n'avait pas besoin qu'un psy lui explique que la fuite de ses parents en Amérique du Sud afin d'éviter un procès pour fraude fiscale lui insufflait la crainte maladive d'être abandonnée par les autres. Les choses étaient devenues plus faciles depuis qu'elle avait résolu de ne pas s'exposer à être blessée, tout simplement. Pour ce qui était de ne pas aimer Rowan, il était trop tard. Rowan était sa meilleure amie depuis des années et bientôt elle serait aussi comme une sœur pour elle. Mais Liv avait atteint sa limite. Elle verrouillait officiellement la porte : plus de gens dans sa vie. Personne qui puisse la quitter.

Bref, leur situation familiale était déjà bien assez lourdement chargée, émotionnellement parlant, sans que cet homme irritant y fasse intrusion !

— Non, Jonathan, pas question, lui dit-elle.

— Je ne te demande pas la permission. Tu as établi un précédent l'an dernier, dit-il, prenant le ton de maître d'école qu'elle détestait tant.

— Ce n'est pas pareil, dit-elle avec une politesse contrainte. J'ai invité *Rowan*. Que nous connaissions l'un et l'autre depuis des années, et dont tu étais déjà à moitié amoureux. Et non un inconnu qui pourrait m'assassiner pendant mon sommeil !

Il lui sembla qu'Adam étouffait un rire, et elle préféra éviter de le regarder.

— Si cela peut être utile, glissa-t-il avec une pointe d'amusement dans la voix qui la rendit furieuse, cela ne me dit vraiment rien de vous assassiner. Ni dans votre sommeil ni autrement.

Ah, si ce sentiment avait pu être réciproque ! Livia prit une profonde inspiration, songeant qu'elle était sur son lieu de travail, et qu'en s'énervant contre Adam elle ne ferait jamais que tendre à Jonathan le bâton pour se faire battre.

— Votre commentaire n'avance à rien, Adam, dit-elle. Et cette conversation étant privée, si vous attendiez dans le couloir ?

2

Adam patientait hors du bureau, même s'il ne voyait vraiment pas pourquoi ils s'étaient donné la peine de le congédier, vu qu'ils élevaient la voix au point que la moitié de l'immeuble aurait pu les entendre s'ils n'avaient pas été les seuls encore au bureau, bien après le départ de tout le monde.

Adam n'enviait pas ces gens-là. Sa vie, c'était son job. Depuis toujours. Et il ne le regrettait pas. Cela avait commencé par nécessité – quand on partait de rien, on travaillait sans discontinuer, si l'on ne voulait pas passer son existence dans le dénuement. En cours de route, le travail avait cessé d'être une activité pour se confondre avec ce qu'il était lui-même. S'il s'arrêtait, sa vie risquerait de suivre une pente descendante... Il avait connu la misère, les années où sa mère et lui avaient erré de canapé en canapé jusqu'à ce qu'il quitte l'école, ait son premier job, et qu'à eux deux ils puissent enfin réunir assez d'argent pour l'acompte d'un tout petit appartement. Son seul but, à partir de là, avait été de maintenir ce toit au-dessus de leurs têtes. Et le jour où il avait acheté une maison, il avait eu le sentiment de pouvoir respirer pour la première fois de sa vie. Le lendemain ? Il était de retour au bureau à 6 heures.

Alors, même si la princesse qui criait après son frère, derrière cette porte mal insonorisée, était la plus jolie femme qu'il ait vue depuis longtemps, il n'était pas d'humeur à la supporter. Avec sa crise de nerfs pour une chambre de libre en moins dans la demeure où elle vivait sans avoir à payer de loyer. Il avait réservé une chambre pour cette semaine pendant qu'il cherchait à acquérir un appartement, maintenant qu'il était de retour à Londres. Mais quand l'hôtel lui avait téléphoné pour lui dire qu'il y avait un raté, et que Jonathan lui avait alors proposé de le loger, il avait accepté. Les vieilles habitudes avaient la vie dure, au bout du compte, et l'hôtel n'était pas économique.

Les cris ayant cessé dans la pièce voisine, il s'appuya contre le bureau de la secrétaire placé face à la porte. Le silence tendu qui venait de s'installer n'était pas moins éloquent que les éclats de voix.

Livia sortit du bureau la première, d'un pas rageur.

— Vous avez fini ? demanda-t-il alors qu'un silence de plomb semblait avoir remplacé la tempête.

— Pas la peine de prendre cet air suffisant ! répliqua-t-elle.

Il sourit du regard assassin qu'elle lui décocha. Il valait mieux qu'elle soit en colère contre lui, de toute façon. Ainsi, il ne serait pas tenté par ce joli corps et ces grands yeux tristes.

Il attendit Jonathan, et ils descendirent jusqu'au garage situé au sous-sol de l'immeuble de bureaux, où Livia était appuyée contre le capot d'une berline noire.

— Je conduis, dit-elle, tendant une main vers Jonathan pour avoir les clés de contact.

— Bien sûr. Je m'installerai à l'arrière, dit Jonathan. Cela vous donnera l'occasion de faire plus ample connaissance.

Adam s'efforça de dissimuler un sourire à la vue du regard noir que Livia lança en direction de son frère. Il n'aurait pas dû prendre plaisir à la voir énervée ni même penser à elle, sauf d'un point de vue purement professionnel.

— Quelle est votre prochaine étape avec Claude Gaspard ? demanda-t-il, désireux de revenir sur un terrain sûr.

Mais elle reporta sur lui son regard furibond. Qui était décidément moins amusant lorsqu'il en était la cible, et non un simple spectateur.

— J'hésite entre ne rien faire et déployer une incompétence catastrophique. Que me conseillez-vous ? demanda-t-elle d'un ton suave.

— Ma foi, vous avez essayé l'incompétence, aujourd'hui, au téléphone. Peut-être vaudrait-il mieux ne rien faire, désormais. Prévenez-moi si vous voulez que j'intervienne.

Se détournant de la route une seconde, elle le gratifia d'un sourire éblouissant, qui le bouleversa. Allait-elle changer de comportement envers lui, et se montrer charmante, pleine de gratitude ? Déjà, son imagination galopait...

— Si vous voulez m'évincer, vous ne devrez pas vous contenter de le demander poliment.

Il leva les mains en signe de reddition.

— Je n'essaye pas de vous forcer à quoi que ce soit, je veux seulement voir du travail bien fait.

— Et qui vous dit que je suis incapable de faire ça ? Vous ne me connaissez même pas !

Il se demanda si Jonathan écoutait, depuis le siège arrière, et s'interrogea sur leur relation. Il lui avait raconté l'exil de ses parents, un événement qui avait marqué toute la famille. Un traumatisme commun ne rapprochait-il pas les frères et sœurs, en principe ?

Le trajet de vingt minutes touchait à sa fin, et au moment où ils se garèrent devant une élégante maison de ville à la façade ornée de stucs il faillit lever les yeux au ciel. Comme de bien entendu, ils avaient une demeure magnifique ! Sans aucun doute encore dans son état d'origine, intacte et non pas découpée en appartements. Il se remémora les semaines qu'il avait passées dans un meublé, l'un des six aménagés dans un immeuble comme celui-ci, autrefois. Il avait perdu le compte du nombre de personnes qui s'étaient entassées dans ces logements minuscules, et eut une bouffée de ressentiment envers ces gens qui ne semblaient même pas avoir conscience de leur chance.

Comment pouvaient-ils vivre en vase clos, alors qu'il y avait à quelques rues d'ici des gens affamés, et aux prises avec ce sentiment d'insécurité profond qu'il lui arrivait d'éprouver encore des années après avoir acquis la réussite et la stabilité financière ?

— Nous y voilà, dit Liv en débouclant sa ceinture de sécurité et en sortant de voiture, sans attendre de réponse.

Tant mieux, car elle n'aurait sans doute pas aimé ce qu'il avait à dire. Les poings serrés, il franchit, derrière Jonathan et Livia, les marches d'accès qui menaient à la porte d'entrée flanquée de colonnes classiques.

— Chéri, on est arrivés ! lança Liv dans le grand vestibule au carrelage de marbre en damier.

Cela suffit à le distraire de sa colère. Il avait supposé qu'elle était célibataire, mais c'était ridicule. Il n'y avait qu'à la regarder. Il revint sur ses suppositions lorsqu'une grande jeune femme d'une beauté saisissante apparut dans l'escalier. Mais quand elle embrassa Liv sur la joue et Jonathan sur la bouche, il sut qu'il s'agissait sans doute de la Rowan dont il avait tant entendu parler.

Une fois les présentations faites, Rowan et Jonathan disparurent dans l'escalier qui descendait au sous-sol – où devait se trouver la cuisine –, le laissant seul avec Liv, qui avait reçu pour vague instruction de « l'installer ».

Elle paraissait sacrément contrariée, mais ne dit rien, par égard pour Rowan, devina-t-il.

— Bon, eh bien, venez ! dit-elle en s'engageant dans le grand escalier.

Il la suivit dans un long couloir tandis qu'elle désignait les chambres.

— Voici la chambre de Rowan et de Jonathan, celle de Caleb...

Il perçut au passage un crépitement de touches de clavier et songea que Caleb s'était enfermé. Il ne pouvait l'en blâmer !

— Ma chambre, continua Livia alors qu'ils atteignaient le bout du couloir. Et voici la dernière de libre à cet étage. Elle a une salle de bains communiquant avec la mienne. Les autres pièces sont sous les toits et servent de rangement, alors...

— Celle-ci me conviendra, dit-il surtout pour la contrarier, car il soupçonnait qu'elle aurait adoré l'expédier dans les combles – sans doute l'ancien quartier des domestiques où on ne l'aurait ni vu ni entendu.

Même s'il aurait préféré se tenir à l'écart du luxe ostentatoire et de la salle de bains, il s'en arrangerait rien que pour contrarier Livia.

3

Livia, accoudée à l'îlot de la cuisine, sirotait un verre de sauvignon blanc. C'était du Jonathan tout craché, pensait-elle. Inviter chez eux un homme détestable, puis entraîner Rowan dans sa chambre avec un manque total de subtilité : « On a… euh… un truc à faire là-haut… » Quant à Caleb, il ne donnait pas le moindre signe de vouloir sortir de sa chambre pour passer un peu de temps en famille. Liv aurait payé cher pour être ailleurs, en bonne compagnie, mais sa meilleure amie était occupée avec son frère, et il n'y avait personne d'autre à solliciter.

Elle entendit des pas dans l'escalier et, comme ce n'était pas le bruit habituel de Rowan et de Jonathan, elle supposa que la faim attirait Caleb hors de son antre.

— Oh ! c'est vous ! dit-elle avec surprise alors qu'Adam apparaissait sur le seuil.

— Accueillez-vous aussi bien tous vos invités ? lança-t-il avec ce fichu petit sourire qui l'agaçait au plus haut point.

— Vous êtes l'invité de Jonathan, dit-elle en avalant une gorgée de vin. Nuance…

— Qu'est-ce que vous avez, tous les deux ? demanda-t-il en s'appuyant contre le plan de travail, face à elle, avant de fixer sur elle un regard qui, de la part d'un homme moins haïssable, l'aurait peut-être troublée.

Elle leva les yeux au ciel.

— Des histoires de frère et sœur, c'est tout.

Après lui avoir volé sa meilleure amie, son frère envisageait de lui faire un enfant, et elle se retrouvait toute seule ! Mais Liv n'était pas disposée à partager ça avec un homme dont elle avait décidé au premier regard qu'elle le détestait.

— Et Rowan ?

Il avait donc compris ça aussi ? Quel type agaçant !

— Rowan était… est ma meilleure amie. Elle s'est fiancée à Jonathan l'année dernière.

— Cela n'a pas dû être simple pour vous.

Elle le regarda en plissant les yeux, essayant de deviner où il voulait en venir. Car son attitude ressemblait à de l'empathie, et il n'était sûrement pas venu lui manifester ce genre de sentiment par bonté d'âme. Il avait forcément un objectif.

— Je m'y suis habituée. Il n'y a pas de souci.

Livia finit son verre et alla chercher la bouteille de vin dans le réfrigérateur.

— Vous voulez boire quelque chose ? demanda-t-elle.

Lui offrir un accueil minimal n'était pas une bien grande concession, après tout.

— Une bière, si vous en avez.

Elle laissa échapper un petit rire. S'imaginait-il qu'elle était née un verre de sauvignon à la main ?

— Oui, nous avons de la bière, dit-elle en décapsulant une bouteille et en la lui tendant.

— Et il vous arrive de dîner ?

Si cela avait été dit avec moins d'hostilité, elle aurait pu prendre cette interrogation ironique pour une invitation à dîner en tête à tête. Elle haussa les épaules.

— J'attends que Rowan refasse surface.

— Donc, vous travaillez, vivez et mangez tous ensemble.

— C'est temporaire. Jonathan vous l'a expliqué, non ? Nous ne vivons pas tous ensemble, normalement. Ce n'est pas vraiment ce que chacun de nous aurait choisi.

— Bon sang ! C'est déjà incroyable de disposer d'un tel lieu ! Et vous vous lamentez, en plus ?

Elle haussa les sourcils, et suspendit son geste alors qu'elle portait le verre de vin à sa bouche.

— Vous aimez juger vos prochains, hein ? dit-elle, surprise par son hostilité. C'est de ma famille que vous parlez. Si je les fustige, ça ne signifie pas qu'il vous est permis d'en faire autant.

Adam prit place sur un tabouret devant l'îlot, en face d'elle, et avala une gorgée de bière avant de répondre.

— Je dis les choses comme je les sens, c'est tout. À mon avis, il est immoral qu'une seule famille ait tant de biens. Même si vous habitez ensemble.

Liv l'observa en plissant les yeux, se demandant si elle était plutôt impressionnée ou agacée par sa franchise abrupte.

— Eh bien, toutes mes excuses de la part du Grand Capital ! ironisa-t-elle. Mais vous devez savoir que je ne peux rien faire avec toute cette richesse accumulée avant d'en avoir réellement hérité, en fait. Et pour le moment, il semble qu'elle me serve à loger ma fratrie et les chiens perdus sans collier qu'elle croise au bureau !

— Ah oui, vous tenez un véritable foyer pour sans-abri, dit-il avec un rire sans humour. Il est clair que vous faites tout votre possible pour aider les pauvres.

Elle le dévisagea un instant.

— On ne vous a jamais dit que vous étiez très impoli ?

— Si. J'ai souvent droit à ce genre de remarque de la part des nantis.

Elle se surprit à rire, s'étranglant sur une gorgée de vin.

— On pourrait croire que vous cherchez à m'insulter !

Cela le fit sourire, et l'espace d'un instant elle oublia qu'il souriait à ses dépens pour savourer ce spectacle. Jusqu'au moment où elle se rappela qu'il la détestait, détestait sa famille et tout ce qu'ils avaient acquis par leur travail des décennies durant. Elle se ferma, veillant à ne pas lui retourner son sourire. Parce qu'elle le détestait aussi, et ne supportait pas d'être contrainte à partager son espace avec lui.

— Quoi qu'il en soit, pour répondre à votre question, oui, nous dînons. Je crois qu'il y a des restes dans le frigo. Mais si cela heurte votre sensibilité, sentez-vous libre de commander un repas à livrer pour le prendre dans votre chambre.

— Je dois travailler avec Jonathan, répondit-il. Autant que ce soit un dîner de boulot.

— Si cela concerne le projet de parfum, alors c'est avec moi que vous devez en parler, lui rappela-t-elle, car elle n'avait aucune intention de se laisser déposséder de son projet.

Mais Adam secoua la tête, la considérant avec une pointe de condescendance, et elle sut qu'elle aurait tôt fait de le gifler, s'il continuait comme ça.

— Écoutez, dit-il, je sais que vous êtes aux anges d'avoir hérité de ce projet-phare mais, si vous voulez respecter votre date de lancement ridiculement optimiste, il faut vraiment que vous me laissiez reprendre les rênes. Je suis sûr qu'on vous a accordé beaucoup de latitude, mais il est grand temps de prendre ça au sérieux.

Elle le foudroya du regard.

— Ah, vous pensez que je ne prends pas ça au sérieux ?

Mais bien sûr ! Puisque je suis une petite princesse pourrie gâtée incapable d'effectuer le boulot. C'est bien ça ?

Adam se renvoya en arrière, l'observant d'un air circonspect.

— Là, vous me faites dire ce que je n'ai pas dit, protesta-t-il. Des mots sexistes. Je prétends seulement que la documentation que j'ai consultée jusqu'ici parle d'elle-même.

Elle fondit sur lui à grands pas, et ne réalisa à quel point elle s'était rapprochée qu'au moment où elle dut renverser la tête pour le regarder dans les yeux.

— Et moi je vous dis que, si vous vouliez voir la documentation sur *mon* projet, vous auriez dû vous adresser à la personne qui a travaillé dessus à plein temps, *moi* en l'occurrence.

— Oh ! bon sang, arrêtez d'en faire une question de sexisme !

— Vous m'avez traitée de princesse, siffla-t-elle. Vous réalisez que cela fait de vous un misogyne patenté ?

— Non, dit-il en faisant traîner la syllabe, cela signifie juste que j'ai horreur des gosses de riches, pourris gâtés.

Elle haussa les sourcils, les bras toujours croisés.

— Ravie de cette clarification. Bizarrement, vous ne semblez pas avoir de problème avec Jonathan.

— Il a la réputation de travailler dur.

De nouveau, elle haussa les sourcils.

— Tiens donc ! Vous nous jugez par notre réputation. Cela favorise les jeunes femmes, en général, ironisa-t-elle. Et que disent les gens à mon sujet ?

Il réfléchit, et elle fut surprise qu'il retienne ses coups.

— Que pourrais-je désirer savoir en dehors du fait que vous êtes une Kinley ? Pas besoin d'être un génie pour deviner comment vous avez obtenu le job.

— Génial ! dit-elle avant d'avaler une gorgée de vin blanc. C'est bon de savoir ce que vous pensez réellement de moi.

Il parut bel et bien un peu honteux, ce qui la prit au dépourvu. On aurait dit qu'il réalisait seulement maintenant le caractère jugeant et moralisateur de ses propos. Elle détestait avoir à faire des concessions pour faire reconnaître son travail mais, si Jonathan avait engagé Adam et si le contrat était signé, elle n'avait aucun espoir de se débarrasser de cet intrus. Il valait mieux l'accepter que de perdre son temps à pester contre lui.

— Vous voulez voir mes recherches ou pas ? demanda-t-elle.

Il se contenta de hocher la tête et, ayant affiché ses dossiers sur sa tablette, elle la glissa vers lui. Elle ne se sentit pas du tout nerveuse tandis qu'il en prenait connaissance. Elle savait qu'elle faisait du bon boulot, quels que fussent les ragots du milieu de la mode sur la manière dont elle avait obtenu son poste. Elle avait fait des études universitaires de management et de marketing, travaillé comme consultante en interne sur plusieurs lancements de produits avant de fonder sa propre société de conseil. Jonathan lui avait demandé d'intégrer Kinley à plusieurs reprises, mais elle avait résisté jusqu'à aujourd'hui, pour toutes les raisons qu'Adam venait de faire ressortir si clairement.

Quand Jonathan lui avait dit que Kinley avait de gros soucis financiers et désespérément besoin d'une nouvelle source de revenus, puis qu'ils avaient eu l'idée de développer le parfum que leur arrière-grand-mère avait eu l'intention de lancer, elle avait enfin consenti à tenter l'aventure. Les plans remontaient à loin, et dans des circonstances normales son frère, hostile aux prises de risque, n'aurait jamais parié sur la nouveauté. Mais après qu'ils étaient tous tombés d'accord pour œuvrer ensemble au sauvetage de l'entreprise, elle avait cru que Jonathan lui faisait enfin confiance pour ce projet. Il s'avérait qu'elle avait tort !

Jonathan avait pris au sérieux – beaucoup trop – ses responsabilités de chef d'entreprise et de famille. Il s'était donné pour mission d'envelopper Livia dans du coton et, en règle générale, de la traiter comme une enfant. Si elle avait cru que, parce qu'il était fiancé à une jeune femme qui avait le même âge qu'elle, elle l'amènerait à la traiter en adulte, elle s'était lourdement trompée. Et elle ne pouvait même pas se plaindre à Rowan, comme autrefois. Leur amitié avait évolué depuis que son amie sortait avec Jonathan, qui n'était pas seulement le frère de Livia mais aussi... son patron.

Pendant un instant, sa solitude la submergea. Rowan ne l'avait pas abandonnée, se rappela-t-elle. Sa meilleure amie ne l'aimait pas moins que du temps où elle n'avait pas encore affirmé son amour pour Jonathan. Mais Livia avait beau se raisonner, elle ne pouvait pas dominer le sentiment que Rowan s'était éloignée d'elle et qu'elle serait bientôt tout à fait seule.

Pour que leur amitié survive, elles ne devaient pas aborder la relation de Jonathan avec Rowan, mais cet interdit imposait entre elles une distance qui faisait parfois l'effet d'un gouffre. Livia n'avait plus personne vers qui se tourner pour se plaindre de son frère, avec la crainte sous-jacente qu'un jour il ne serait tout simplement plus là.

Elle se força à chasser ce sentiment. Elle ne s'apitoyait pas sur elle-même. Elle ne l'avait pas fait lorsque ses parents étaient partis à l'autre bout du monde. Quand ils étaient montés à bord d'un avion sans un regard en arrière, les laissant, ses frères et elle, se débrouiller seuls et gérer la lourde facture fiscale qui leur faisait prendre la poudre d'escampette.

Secouant la tête, elle essaya de chasser sa mélancolie,

réalisant trop tard qu'Adam, toujours présent, l'observait avec attention.

— Qu'est-ce qui ne va pas ? lui demanda-t-il.

Et elle réprima un frisson, détestant que cet homme, entre tous, ait su percevoir ce qu'elle cachait à tout le monde.

— Rien. Pourquoi n'irais-je pas bien ? mentit-elle.

Elle entendit un double bruit de pas dans l'escalier, se rapprochant de la cuisine, et s'autorisa un soupir de soulagement. La clairvoyance d'Adam la dérangeait.

Rowan était rose comme une églantine et d'une gaieté embarrassante quand elle apparut, un instant plus tard.

— Tout le monde est prêt pour le dîner ? lança-t-elle en gagnant le réfrigérateur pour en sortir un plat recouvert de papier aluminium.

Liv marmonna une vague réponse. Elle sortit des fourchettes et des couteaux d'un tiroir, et mit le couvert pour cinq. Elle cria dans l'escalier pour appeler Caleb, espérant à demi qu'il avait son casque et qu'elle devrait monter le chercher. Mais le destin ne lui était pas favorable aujourd'hui, car elle perçut bientôt ses pas lourds. Elle se prêta au rituel de l'installation à table, échangeant des banalités au sujet de la nourriture pendant que Jonathan remplissait leurs verres, affirmant nettement le rôle de patriarche qu'il s'était attribué.

Caleb engloutit son repas, expédiant ce moment de convivialité obligatoire pour retourner à son ordinateur. Jonathan et Rowan, eux, s'adonnaient à leur habituel échange de regards énamourés, et Livia, submergée de nouveau par un sentiment de solitude, leva les yeux de son verre. Et rencontra le regard d'Adam rivé sur elle.

— Ça va ? demanda-t-il simplement.

Soudain, elle réalisa que Jonathan tentait d'attirer son attention.

— J'ai questionné Adam sur les études de marché, et il m'a dit que je devrais en parler avec toi.

— Pardon ? dit-elle, essayant de se mettre au diapason. Elle se rappela qu'il s'agissait d'un dîner de travail, et se maudit de s'être laissé prendre au petit jeu d'Adam, destiné sans doute à la distraire. Inutile de rapporter à Jonathan qu'il la jugeait incompétente – alors qu'il pouvait tout simplement lui embrouiller l'esprit puis la laisser se ridiculiser !

— Oui, l'étude de marché… J'ai reçu dans ma boîte mail les rapports sur les derniers panels de consommateurs. On pourrait revoir ça ensemble ?

Elle prononça ces mots à contrecœur, car elle ne voulait surtout pas renoncer à son emprise sur son projet chéri. Elle n'aurait pas juré que son frère ne serait pas déçu par son travail et ne déciderait pas que l'entreprise se porterait mieux sans elle, après tout. Elle avait donc pris l'habitude de n'échanger avec lui qu'au tout dernier moment, retardant l'inévitable angoisse. Mais en agissant ainsi, elle avait sans doute abouti à ce qu'il la juge incompétente et engage Adam pour effectuer le travail.

Elle détailla à Adam et à Jonathan les résultats des dernières études de packaging et de marque. Elle se montra à la hauteur, même sous le feu des questions de Jonathan et les silences d'Adam, sans doute désapprobateurs. Elle était contente du rapport qui avait fait surgir quelques idées intéressantes.

— Bon, assez parlé boutique ! lança Rowan au bout d'une heure et demie, enveloppant de son bras les épaules de Jonathan, l'embrassant sur la joue et souriant à Liv.

Du coin de l'œil, Livia vit que son amie murmurait quelque chose à l'oreille de son frère, dont les pommettes se colorèrent.

— Je sors, dit-elle sans réfléchir.

Alors qu'elle n'avait personne avec qui faire la fête. Pas de souci. Elle était adulte. Elle pouvait prendre un verre quelque part pendant une heure ou deux tandis que son frère et sa meilleure amie... Non, elle ne voulait rien savoir !

— Tu devrais emmener Adam, lui suggéra Jonathan, comme si c'était une proposition raisonnable et non une idée ridicule.

— Je... euh..., balbutia-t-elle, mortifiée de ne rien trouver à dire.

— Bonne idée, enchaîna Adam.

Le plus naturellement du monde, il se leva de table et prit le blouson en cuir qu'il avait abandonné sur le dossier d'une chaise. Liv adressa un regard implorant à Rowan, mais celle-ci avait visiblement l'esprit ailleurs. Liv débarrassa donc les assiettes puis prit son sac. Allait-elle vraiment se prêter au jeu ? Non ! Il lui suffisait de sortir, puis elle pourrait planter là son compagnon indésirable. Pas question de passer la soirée avec Adam !

Il avait déjà envahi sa vie professionnelle et sa vie familiale. Il n'allait pas en plus envahir sa vie sociale ! Elle eut un petit sourire ironique en rangeant son mobile dans une poche arrière. *Quelle* vie sociale ? Boire un verre en solitaire, ça ne comptait pas. Elle ne voulait pas qu'Adam découvre qu'elle n'avait plus personne pour l'accompagner. Mais si elle pouvait sortir plus vite d'ici en se prêtant au jeu, eh bien, elle ferait semblant de se rendre au bar avec lui !

— Bon, très bien, allons-y, alors...

Elle enfila des bottes et une veste en jean dans l'entrée, se retourna et vit qu'Adam l'observait.

— Qu'est-ce qu'il y a ?

— Rien, dit-il avec le satané rictus qu'elle rêvait d'effacer de sa figure.

Elle ouvrit la porte et lui lança un regard de frustration.

— Eh bien, venez !

4

Elle dévala les marches du perron et avança sur le trottoir, regardant droit devant elle. Elle avait mis les mains dans ses poches, et ne se retourna pas pour voir si Adam la suivait. Avec un peu de chance, il partirait dans le sens opposé et la laisserait tranquille. Mais elle perçut derrière elle ses longues foulées, et il ne tarda pas à arriver à sa hauteur, sans manifester le moindre signe de vouloir la quitter.

Ils gagnèrent en silence le coin de la rue, et elle réalisa qu'elle ne savait pas où elle allait. L'endroit où ses arrière-grands-parents avaient choisi d'acquérir une maison de ville ne correspondait pas précisément à l'idée qu'elle se faisait d'un quartier où passer une bonne soirée. Il y avait au coin un bar à vins très chic pour amateurs de champagne. Pas du tout son genre. Un simple verre lui coûterait probablement une semaine de salaire. Mais comme c'était aussi le dernier endroit sur terre où Adam aurait voulu mettre les pieds, elle en poussa la porte. Elle commanderait un verre d'eau, s'il le fallait.

Quand Adam la suivit à l'intérieur, elle ne tenta pas de réprimer son gémissement.

— Inquiète à l'idée que je pourrais vous faire honte devant vos amis ? demanda-t-il.

Elle sut à son expression qu'il aurait adoré la mettre mal à l'aise. Et à l'instant où il venait de parler, elle prit conscience du problème. Il s'attendait à ce qu'elle retrouve des gens ici ! Il l'avait suivie pour lui empoisonner la vie, et maintenant il saurait la vérité : qu'elle avait laissé à la maison les seules personnes présentes dans sa vie parce qu'elle ne supportait pas leur compagnie.

— Eh bien ? Où sont-ils ? reprit-il alors qu'elle hésitait, parcourant la salle du regard, se demandant quelle était la probabilité pour repérer là quelque ami ou amie, collègue ou même vague connaissance.

Hélas, elle ne reconnut personne.

Tandis que les secondes s'écoulaient en silence, elle sentit qu'il réalisait peu à peu de quoi il retournait. Elle attendit qu'il jubile, sûre que cela viendrait, mais alors qu'elle le fixait d'un air intimidant elle vit ses traits s'adoucir.

— Allons-nous prendre une table ? s'enquit-il.

Elle fut sidérée par la bienveillance de son regard et son ton aimable. Elle se laissa mener à une table, ce qu'elle n'aurait jamais permis s'il ne s'était pas montré si bizarrement... sympa ?

— Bon, dit-il une fois qu'ils furent assis et eurent commandé leurs boissons, vous n'aviez pas vraiment de projets ?

— On vous a vraiment engagé pour vos énormes facultés d'analyse, non ? jeta-t-elle, d'un ton encore plus sec que le vin qu'elle avait choisi.

Il ignora cette pique délibérée.

— Pourquoi ce mensonge ?

Elle haussa les épaules.

— Je voulais sortir de là.

— Pourquoi ne pas avoir appelé un ami ou une amie ?

Livia s'agita sur son siège, gênée. Elle avait réalisé bien

trop tard qu'après avoir consacré tant de temps au travail elle avait perdu presque toutes ses amies, Rowan exceptée. Comme Adam ne la quittait pas des yeux, elle haussa les épaules et tenta de biaiser.

— Pourquoi le faire ? Je ne m'ennuie jamais toute seule.

En le voyant hocher la tête d'un air compréhensif, elle eut envie de l'étrangler.

— Deux attitudes qui se tiennent. Mais elles n'expliquent pas votre expression lorsque vous êtes entrée. Pourquoi vous êtes-vous figée ?

Elle réfléchit un instant, se demandant quelle réponse le détournerait de son interrogatoire.

— J'étais surprise que vous m'ayez suivie, c'est tout. Je me demandais comment me débarrasser de vous.

— Si c'était vrai, nous ne serions pas attablés ensemble.

Elle n'avait rien à répondre à ça.

— Vous n'avez pas non plus de plan pour la soirée ? demanda-t-elle, détournant l'attention d'elle.

— J'ai passé quelques années en Écosse. Mon carnet d'adresses ici n'est plus ce qu'il était.

Elle avala un peu de vin, sans trop savoir quoi penser.

— Je ne comprends pas pourquoi vous êtes ici avec moi.

Bon sang ! Elle n'avait pas voulu sortir ça avec une intonation si... sincère. Mais elle était curieuse, à présent. Que faisait-il ici, si ce n'était pas pour lui gâcher la vie ?

— Pourquoi ne voudrais-je pas passer un moment avec vous ? s'enquit-il.

Ce fut elle, cette fois, qui eut un soupir de dédain.

— Vous plaisantez ? Nous n'avons pas arrêté de nous disputer depuis le tout premier instant !

— Vous exagérez, dit-il avec un regard si torride qu'il ne

fallait pas être un génie pour deviner qu'il pensait aux rares instants où ils ne s'étaient pas écharpés.

Elle s'inquiéta à l'idée qu'il ait pu, si peu que ce soit, avoir des pensées semblables à celles qui l'avaient assaillie dès leur rencontre, où elle avait éprouvé beaucoup plus d'intérêt pour ses bras musclés que pour son attitude exaspérante.

Il n'y avait pas de mal à entretenir de petits fantasmes à sens unique, dans le secret de son imagination. Mais quand ils étaient réciproques... et susceptibles de se réaliser dans la vraie vie... pas question ! C'était beaucoup trop dangereux. Même si elle n'avait pas détesté cet homme, même s'il n'avait pas bel et bien tenté de lui voler son job, elle n'aurait pas entamé de relation avec lui. Elle l'avait déjà... dans la peau. Et elle n'aimait pas cette sensation. Elle préférait tenir les gens à distance. Si on les laissait s'approcher, on souffrait lorsqu'ils partaient. Et ils laissaient un trop grand vide.

— En effet, reconnut-elle.

— Alors, c'est ici votre lieu secret ? demanda Adam en regardant autour de lui comme si un serveur allait surgir d'une alcôve pour le contraindre à boire autre chose qu'une bière.

— Pas vraiment. C'était le plus proche, voilà tout.

Il sourit. Un de ses sourires secrets et authentiques qui la chamboulaient.

— Vous vouliez donc tant que ça vous débarrasser de moi ?

Elle gémit.

— On vous a déjà dit que vous étiez exaspérant ?

— En général, les gens me trouvent tout à fait charmant.

Livia s'esclaffa, et il lui fallut un moment pour recouvrer une respiration normale. Elle accepta la petite serviette à cocktail que lui tendait Adam pour essuyer une goutte de vin sur son menton. Elle se sentait incapable de le détester comme une heure plus tôt, et ce constat la rendit nerveuse.

Mais elle n'y pouvait pas grand-chose. Les gens étaient comme du fil de fer barbelé. Un fois qu'ils vous avaient harponné, il n'était pas facile de leur faire lâcher prise.

— Je ne vois pas en quoi l'idée que je sois charmant est si comique.

— Et moi, je suis stupéfaite que vous vous jugiez charmant ! Vous savez sûrement que vous ne l'êtes pas du tout. Vous m'avez foudroyée du regard pendant toute la journée.

— Oui, mais...

— Mais *quoi* ?

— Vous m'avez crié dessus trois secondes après notre rencontre.

— Parce que vous vouliez me voler mon job !

— J'ai honoré un rendez-vous et accepté un poste de consultant sans même savoir que vous étiez sur le projet. Je ne crois pas être votre ennemi, chérie.

Elle fut si stupéfaite par ce « chérie » qu'elle ne réussit pas à aligner trois mots avant qu'il enchaîne :

— C'est avec Jonathan que vous êtes en guerre – bien que je ne sois pas sûr de pouvoir le blâmer de n'avoir pas partagé son travail avec vous. Mais comme vous ne pouvez pas vous en prendre à Jonathan parce qu'il va épouser votre meilleure amie, vous vous en prenez à un innocent. Moi.

Elle le regarda en plissant les yeux. Qu'il ait vu juste l'horripilait.

— Est-il vraiment impossible que je vous aie détesté au premier regard ? demanda-t-elle d'un air faussement innocent.

Il but une gorgée de bière, et elle s'efforça, de son mieux, de ne pas le regarder. Mais ses longs doigts virils, repliés sur le verre, captèrent son attention, et elle essaya de ne pas laisser transparaître sa soudaine émotion.

— Arrêtons de faire semblant. Je ne crois pas que l'un de

nous soit assez stupide pour agir en fonction de notre attirance réciproque, dit-il comme s'il abordait un sujet anodin. Autant reconnaître cette vérité. Calmer le jeu. Nous abattrons plus de travail si nous ne sommes pas constamment en train de nous écharper parce que c'est plus facile que d'admettre notre désir mutuel.

Elle le fixa, évaluant ce qu'il lui en coûterait de manifester son accord.

— Bon sang, votre ego n'a vraiment aucune limite, hein ? répliqua-t-elle sans laisser flancher sa voix.

Il haussa les épaules, se renversa sur son siège et continua à boire.

— Qu'est-ce qui n'est pas vrai là-dedans ? demanda-t-il en reposant sa bière.

— Que j'aie de l'attirance pour vous, pour commencer, dit Liv d'un ton plus acerbe qu'elle ne l'aurait voulu.

Avec un sourire narquois, Adam étendit les bras sur le dossier de la chaise. Cela eut pour effet d'étirer son T-shirt sur un torse digne de la couverture d'un magazine de mode, et révéla une ligne de poils qui disparaissait sous la ceinture de son jean. Lorsqu'elle en détourna enfin le regard et leva les yeux, elle comprit qu'il l'avait fait exprès.

— Je vous hais, dit-elle.

— Donc, vous pensez à moi, dit-il d'un air profondément songeur. Et vous prétendez n'avoir aucun intérêt pour moi ?

— Même si c'était le cas, qu'est-ce que ça change ? Comme vous l'avez dit, nous sommes trop intelligents pour céder à notre mutuelle attirance. Vous êtes imbuvable, et je ne suis pas masochiste !

— Donc, on ignore la chose ? dit Adam en se penchant en avant, accoudé à la table. Que diriez-vous de déclarer une trêve ?

Liv fronça les sourcils, essayant de lire son expression, de déterminer s'il était sincère.

— Ça m'a tout l'air d'être un piège, dit-elle avec circonspection. J'accepte une trêve, et voilà que tout à coup votre nom apparaît sur mes rapports d'études de marché, et mon projet, dont j'ai été responsable depuis le premier jour, me passe sous le nez ? Pas question !

— Je n'avais pas l'intention d'entamer des hostilités.

— Bien sûr que non. Mais vous comptez faire votre job. Et quand ce qui me paraît bon pour le projet entrera en conflit avec ce que *vous* jugez bon, vous n'essayerez pas d'abuser de votre titre pour obtenir qu'on fasse à votre façon ? C'est ce qui s'appelle frapper le premier.

— Je n'ai pas pour habitude de brutaliser les gens au boulot, au propre comme au figuré. Croyez-le ou non, j'ai dans ma manche d'autres techniques pour résoudre les conflits. Je ne suis pas le premier venu, vous savez, et votre frère ne m'a pas trouvé dans une liste de petites annonces !

— Très bien, alors. C'est la trêve, sauf si vous cherchez à démolir mon travail.

Adam finit sa bière, et Liv jeta un coup d'œil vers la porte. Était-ce le moment de rentrer ? Ils étaient parvenus à une trêve fragile, elle ne voulait pas trop tirer là-dessus en prolongeant cette soirée. Elle avait le sentiment qu'en prenant plus d'un verre avec Adam ils en arriveraient à une dispute ou, pire, à un rapprochement...

— Irons-nous ailleurs ? demanda-t-il.

Elle le scruta, cherchant à deviner s'il avait des intentions cachées. Mais, se dit-elle, le fait d'avoir parlé de leur attirance réciproque en avait quelque peu émoussé le charme. Maintenant qu'il l'avait exprimé, ce désir semblait moins dangereux. Alors, elle le suivit hors du bar, et ils marchèrent côte à côte. Enfin, épaule contre coude, plutôt, puisqu'il la dépassait de plus d'une tête.

Ils avancèrent jusqu'à tomber sur un pub dont le bruit et les clients fumeurs débordaient sur le trottoir. Ils y entrèrent. Ce lieu n'aurait pas pu être plus différent du premier. Les murs et le bar étaient revêtus de lambris de chêne, les authentiques pompes à bière étaient en cuivre rutilant, et Liv commanda une pinte. Il n'aurait pas été acceptable de boire autre chose dans un environnement pareil.

Un feu de bois flambait dans la cheminée pour chasser la fraîcheur automnale, et la seule table de libre se trouvait à côté, avec deux tabourets glissés dessous.

Livia plongea dans la foule pour avoir les places tandis qu'Adam, dans son sillage, portait leurs boissons. L'espace restreint impliquait une grande intimité – inexistante dans le bar précédent. Le chant des conversations créait un bruit de fond confortable, les libérant de tout échange contraint, et les minutes s'écoulèrent aussi vite que la bière.

Tout sujet sérieux étant évacué, il y avait place désormais pour un échange plus amical. Ils parlèrent des films qu'ils avaient aimés, de leurs mets favoris, et bientôt ils picorèrent des chips goût fromage et oignon.

Pour finir, ils furent poussés vers la sortie trente bonnes minutes après l'heure normale de fermeture. Elle frissonna une fois dehors – après tout ce temps près du feu, elle n'était pas suffisamment protégée par sa veste en jean. Adam ôta son blouson, et elle le regarda faire d'un air dérouté jusqu'au moment où il essaya de lui en envelopper les épaules. Elle s'écarta, hors de portée.

— Mais qu'est-ce que vous faites ? demanda-t-elle, surprise.

— Vous sembliez avoir froid, expliqua Adam, rembruni.

— Évidemment, j'ai froid. J'aurais dû mettre quelque

chose de plus. Mais à quoi ça avancerait que vous vous geliez dans votre petit maillot de sport ?

Adam la toisa, les mains sur les hanches.

— C'est un T-shirt normal, dit-il.

Dans cette pose, le vêtement moulait ses épaules, son torse et ses bras, ce qui tendait à donner raison à Livia.

— Comment se fait-il alors que je puisse compter vos abdominaux ? demanda-t-elle en s'efforçant de prendre l'air dégagé.

— Peut-être parce que vous ne pouvez pas vous empêcher de me mater ! répliqua Adam.

Elle eut un léger soupir étranglé, car il voyait juste et elle détestait ça. Presque autant qu'elle détestait le fait qu'il ait remarqué son intérêt pour lui. Sa silhouette plantée devant elle avait quelque chose de dominateur, le réverbère, derrière lui, la découpant à contre-jour. Elle frissonna de nouveau, et ce n'était ni de peur ni de froid.

C'était lui qui suscitait cette réaction. Le fait qu'elle avait contemplé son torse pendant toute la soirée, même si elle avait tenté de s'en empêcher ; le tissu anthracite épousant ses contours d'une symétrie parfaite ; les muscles bien définis en dessous de son large torse.

— Donc, vous ne voulez pas de mon blouson, dit Adam. Et je ne veux pas que vous ayez froid. Une idée pour vous réchauffer ?

Elle paniqua en visualisant toutes les réponses qu'elle aurait pu apporter à cette question, et qu'elle devait à tout prix se garder d'évoquer. Elle finit par lâcher, sans le penser :

— Vous défier à la course !

On aurait pu croire que, meilleure amie d'une marathonienne qui pratiquait l'ultra-trail *pour le plaisir*, et dont elle avait été l'équipe de soutien, Livia en avait acquis quelques astuces. Pas la capacité de courir un marathon, mais du moins celle d'atteindre le bout de la rue sans avoir l'impression d'être sur le point d'exploser. Hélas, cela ne s'acquérait pas par osmose, et au bout du trottoir Livia était pliée en deux, les mains sur les genoux, tentant de reprendre haleine.

Adam la rejoignit à grandes enjambées nonchalantes, sans même un cheveu de déplacé, tandis qu'elle haletait, cherchant son souffle qui semblait s'être perdu en route.

— Vous avez gagné ! commenta Adam alors qu'elle n'avait toujours pas repris sa respiration.

— Arrêtez de vous moquer de moi tandis que j'agonise, hoqueta-t-elle comiquement.

Il se contenta de croiser les bras.

— Alors, arrêtez d'être aussi drôle. Comment êtes-vous devenue cette athlète hors pair ? S'il vous plaît, dites-moi votre secret.

— Arrêtez ! Rowan fait du sport pour nous deux. Moi, je porte ses sandwichs.

Il rit de plus belle, le fourbe !

— Eh bien, je suis content de ne pas avoir relevé votre défi. Vous m'auriez ridiculisé.

Livia se redressa et le regarda, paupières plissées. Mais là, le menton à la hauteur des pectoraux d'Adam, confrontée à son physique imposant, elle se sentait plus minuscule et impuissante que jamais. Elle releva le menton, et réalisa aussitôt qu'elle venait de commettre une grossière erreur. Car c'était beaucoup plus intime qu'elle ne s'y attendait. Et cela avant que les mains d'Adam viennent lui envelopper le visage. Ses paumes viriles lui effleurèrent les joues, ses pouces parcourant les arêtes de ses pommettes. Ils s'arrêtèrent au ras de ses oreilles, les bouts de ses doigts éveillant tous les points sensibles à la naissance de ses cheveux avant de presser sa nuque et de lui arracher un bruit de gorge, mi-soupir, mi-gémissement.

— Comment ça va côté respiration ? demanda-t-il avec un sourire satisfait.

— Mmm, mmm, souffla-t-elle, consciente que cela ne répondait en rien à la question.

Et réalisant trop tard que cela révélait beaucoup trop ce qu'elle ressentait à son sujet.

Il se rit d'elle, doucement. Mais ce n'était pas désobligeant. Cela ne la hérissa pas, comme l'avaient fait tant de ses commentaires. Elle se sentit fondre, au contraire. Allait-elle craquer tout à fait ?

Elle avait presque oublié qu'il lui tenait le visage, qu'il lui renversa pour qu'elle ait les yeux sur lui. Elle vit de l'indécision dans son regard. Il la désirait, c'était évident. Mais ne consentirait pas à faire le premier pas. Curieusement, sa réticence virile réveilla en elle l'instinct de conservation que ses propres doutes n'avaient pas su ranimer. Elle recula, et il laissa retomber ses mains, sans la quitter des yeux pourtant.

— Parler était censé nous prémunir contre ce genre de chose, observa-t-elle.

Adam hocha la tête, mais ne détourna pas le regard.

— Il semble que *ce genre de chose* sera difficile à ignorer.

— Nous devrions être plus prudents, dit Livia.

Elle ne bougea cependant pas, et Adam non plus. Ils se tenaient là, sous un lampadaire, au coin d'une rue, attendant que quelque chose les protège de leurs plus redoutables pulsions. Ce fut un fourgon de police qui y parvint, passant à toute vitesse dans un bruit de sirène et un tournoiement de lumières, si près du trottoir que Livia se rejeta en arrière de crainte d'être renversée.

Puis ils pivotèrent de concert pour revenir vers la maison.

— Alors ? Une idée de génie pour nous empêcher de craquer ? demanda-t-elle.

— Vous pourriez arrêter de fuir les situations qui vous mettent mal à l'aise, suggéra Adam.

— C'est vous qui étiez suggestif. Ma fuite était censée y remédier.

— En tout cas, plus question de prendre un pot. C'était stupide de sortir ensemble. Demain, je vous battrai froid, et vous m'en remercierez.

Liv hocha la tête. Elle aurait dû le détester, car elle avait horreur qu'on lui dicte sa conduite. Alors, pourquoi les pointes de ses seins s'étaient-elles durcies ? La nuit était froide, se dit-elle pour expliquer sa réaction. C'était plus sensé que de l'attribuer à ce numéro de mâle dominant.

— Ce sera comme si vous n'existiez pas, assura-t-elle.

5

Il n'existait pas aux yeux de Liv – et c'était ainsi que cela devait être, pensa Adam en s'apprêtant à aller au travail. Il l'avait à peine vue de toute la semaine, et la sensation d'oppression qui le saisissait quand il repensait à ce moment où, dans la rue, ils avaient failli commettre une folie commençait à diminuer. Ils avaient agi comme des imbéciles ! Flirtant avec ce qui aurait pu lui coûter son job et lui gâcher la vie.

Il n'avait jamais eu particulièrement envie d'une relation, mais jamais non plus cette idée ne l'avait terrifié, comme il l'était par Livia. Elle se mouvait avec une telle... aisance dans la vie. Grimpant le perron de la noble demeure régence comme si c'était la chose la plus banale du monde. Comme s'il était ordinaire de vivre dans un tel lieu. Elle ne s'arrêtait pas devant la majestueuse façade pour la regarder, ce qui était pourtant, il en aurait juré, une réaction normale face à tant d'élégante splendeur. Son inconscience à cet égard était comme une griffure aiguë sur une peau à vif. Il retint un soupir irrité, en proie à une nouvelle flambée du ressentiment qu'il éprouvait depuis qu'il avait fait la connaissance de cette famille.

La demeure était assez vaste pour qu'ils puissent se tenir

à l'écart les uns des autres, mais même ainsi il n'aurait probablement jamais dû accepter de séjourner ici.

Ce matin, il s'était réveillé en sursaut, avait marché à tâtons vers la salle de bains qu'il partageait avec Liv et, quand il avait baissé l'interrupteur, il était resté en pleine confusion, fixant le lavabo en marbre et les robinets dorés là où il s'était attendu à voir de la peinture écaillée et du formica.

Puis il avait perçu du mouvement de l'autre côté et réalisé deux choses en même temps : il était figé sur le seuil de la salle de bains partagée, et il était en slip. Il avait levé les yeux alors que l'autre porte de communication s'ouvrait, révélant Livia, presque aussi peu vêtue que lui. Elle avait resserré son peignoir en réalisant qu'elle n'était pas seule.

— Adam ! Qu'est... ?

Il avait voulu parler, mais s'était rendu compte qu'il ne savait pas comment expliquer les choses.

Expliquer que l'ouverture de la porte de la salle de bains avait libéré des vagues de souvenirs, et de colère, et de ressentiment à demi oubliés. Pour la plupart dirigés contre elle et sa famille. Au lieu de ça, il l'avait fusillée du regard, et avait claqué le battant pour éviter de dire quelque chose qui aurait aggravé une situation déjà délicate.

Il y avait déjà des dégâts, c'était indéniable, même si Livia n'avait pas prononcé un mot depuis qu'il lui avait fermé la porte au nez. Il l'avait su à la façon dont elle avait fouillé dans les placards, au claquement agressif de la porte de communication avec sa chambre, réplique de son propre geste.

Oh ! il n'ignorait pas que les Kinley avaient eu leur lot de tribulations ! Qui n'avait pas lu les articles sur les tentatives de leurs parents pour échapper à l'impôt qui, en théorie, empêchait les plus mal lotis de crever de faim dans les rues ? Mais leurs grands-parents avaient hérité de leurs *propres* parents d'un portefeuille immobilier, qu'ils avaient à leur tour légué aux frères et sœur Kinley. Ces derniers pouvaient donc lever le capital financier nécessaire pour apaiser les autorités et posséder encore cette maison, entre autres biens.

Ils pouvaient se lamenter tant qu'ils voulaient d'avoir été lourdement affectés, ils n'avaient pas la moindre idée des véritables difficultés de la vie.

Du rude labeur que certains devaient accomplir rien que pour avoir un toit au-dessus de leurs têtes – quant à vivre dans un tel luxe, ils n'en avaient même pas idée.

Il s'était à peine rendormi avant que son alarme le réveille à 5 heures. Ce fut à pas réticents qu'il descendit à la cuisine, espérant qu'une tasse de café restaurerait ses facultés mentales avant son arrivée au bureau. Si Jonathan était déjà levé, il pourrait peut-être l'emmener en voiture. Liv et lui avaient réussi à s'éviter le matin avant le travail pendant toute la semaine, un exploit qu'il ne désirait pas compromettre. Mais ce fut Liv qu'il trouva attablée devant l'îlot de la cuisine, une tasse de café à la main et faisant défiler l'écran de sa tablette.

Elle l'accueillit d'un regard noir.

Il pianota sur son téléphone tout en mangeant, lançant une appli pour commander une voiture.

— Pas la peine, dit-elle en levant les yeux et en voyant ce qu'il faisait. Je conduirai, mais je pars dans cinq minutes, alors vous feriez bien d'accélérer le mouvement !

La communication s'était faite par monosyllabes pendant toute la semaine, aussi lâcha-t-il un « d'accord » en évitant d'échanger le moindre regard avec elle. Pendant la soirée au pub, ils avaient été des personnes différentes. Il avait réussi, d'une certaine façon, à oublier qu'elle était issue de tout ce qu'il haïssait. Victime de sa libido, il avait vu tout ce qui lui plaisait en elle tout en parvenant à ignorer ce qu'il détestait. Jusqu'à ce qu'il rêve de son ancienne vie et se sente si déplacé dans la maison de Liv qu'il s'était mué en statue.

Il s'était laissé distraire par un visage ravissant, réalisa-t-il. Distraire de tout ce qui était important à ses yeux. Ses valeurs. Celles que sa mère lui avait inculquées. Il tenta d'imaginer comment sa mère aurait perçu Livia – une femme dont le job, la maison et l'avenir assuré et prospère lui avaient été donnés à la naissance.

Pourquoi pensait-il en ces termes ? Sa mère ne rencontrerait jamais Livia ! Il travaillerait pour elle pendant six mois, puis ne la reverrait jamais. Il avait déjà été irrité par des collègues. Pourtant, il ne s'était jamais surpris à se demander ce que sa mère penserait d'eux. Et bon nombre d'entre eux avaient été plus riches et plus privilégiés que Livia. Mais il n'avait jamais non plus pris leur visage entre ses mains...

Il avait éprouvé quelque chose de très conflictuel face au sentiment d'adéquation totale qu'il ressentait en la voyant debout devant lui, la tête renversée et les yeux levés, se mordillant la lèvre, attendant de voir s'il accomplirait le premier pas. Un don chez elle que ce contrôle, comme si elle savait exactement qu'il adorait la voir à sa merci. S'il ne s'était pas autorisé à y réfléchir, il y avait une raison. Il aurait été dangereux qu'elle sache à quel point elle lui semblait parfaite pour lui.

— Je pars. Vous êtes prêt ? demanda-t-elle.

Il leva les yeux. L'expression qu'elle avait était si différente du désir intense qu'il avait vu le soir de leur sortie au pub !

Liv gara la voiture dans l'espace réservé devant la façade de verre et d'acier du siège de Kinley.

Ses arrière-grands-parents avaient acheté cet immeuble dans les années 1920, et il avait échappé aux saisies nécessaires pour payer la facture fiscale qui avait fait fuir ses parents. Apparemment, ils pouvaient tirer plus de revenus de la location d'une partie des étages que de la vente du tout.

Parfois, elle souhaitait qu'ils s'en soient débarrassés. Encore un lien de rompu avec sa famille. Elle n'avait pas besoin d'un immeuble pour lui rappeler comment leurs parents les avaient « amputés » de leur vie. Elle avait compris qu'ils avaient dû partir lorsque l'argent s'était épuisé et que tout était parti à vau-l'eau. Elle aurait compris une telle réaction de la part de n'importe qui. Mais cela n'expliquait pas qu'ils l'aient laissée derrière eux.

Ce n'était pas un problème, puisqu'elle avait dix-huit ans, avaient-ils dit. Était en première année de fac. Il n'y avait pas lieu de bouleverser son existence pour qu'elle quitte le pays avec eux. D'autant que Jonathan était là pour veiller sur elle pendant les vacances. Il serait difficile de maintenir le contact au début – elle s'y était attendue tant qu'ils cherchaient un lieu où loger et s'installaient. Mais à mesure que les mois puis les années s'écoulaient sans guère plus de quelques mails par an, elle en avait tiré la conclusion qu'ils ne se souciaient pas assez d'elle pour la voir. Ils l'avaient abandonnée.

C'était en partie pour ça qu'elle avait résisté aux tentatives de Jonathan de lui donner un travail. Car, quand elle était ici, elle se rappelait toujours ses parents, et elle n'avait aucun désir de penser constamment aux personnes qui, censées lui porter un amour inconditionnel, avaient pourtant été capables de la quitter sans un regard en arrière.

Cependant, l'idée d'entraîner Kinley dans le XXIe siècle tout en l'arrimant à son héritage la séduisait. Elle avait travaillé dans le marketing des articles de luxe – elle n'en avait jamais tiré avantage intentionnellement, mais elle portait le nom de Kinley, et son frère était le P-DG d'une des plus anciennes marques de luxe britanniques. Elle n'avait pas la naïveté de croire que ça ne lui avait pas ouvert de portes. Elle avait toujours eu à cœur de travailler plus qu'il ne fallait pour contrer les accusations de népotisme – au bénéfice de son ego autant que du reste. Et il lui plaisait d'avoir acquis la réputation de travailler dur et d'avoir mené des campagnes percutantes.

— Pour ce qui est de cette nuit...

Elle haussa les sourcils, attendant la suite.

— Ce n'est pas vous que je fixais.

Elle se rembrunit.

— Vu que vous étiez planté là à me regarder, ça donnait largement cette impression, dit-elle, le regardant du coin de l'œil tandis qu'elle descendait de voiture et la verrouillait.

— Ce n'était pas le cas, je vous assure.

Il contourna le véhicule pour la rejoindre et la considéra d'un air si sérieux qu'elle s'immobilisa et le regarda, en se remémorant à quel point elle avait aimé qu'il la domine de si haut quand ils avaient gagné la maison en revenant du pub, la semaine précédente.

— Que faisiez-vous, alors ? demanda-t-elle en regrettant de ne pas avoir une voix plus assurée.

Elle gardait tout de même la haute main sur la situation, s'assura-t-elle, car elle ne voyait vraiment pas comment il allait pouvoir se tirer de ce guêpier, si beau parleur fût-il.

— Je réfléchissais.

— Au sujet de ma salle de bains ?

— Plus ou moins, j'imagine, dit-il avec un haussement d'épaules. Au sujet de votre maison en général. J'avais zappé.

Je sais que j'aurais dû me détourner dès que j'ai réalisé que vous étiez là, et je suis désolé de ne pas l'avoir fait. C'était inconvenant de ma part.

Liv plissa les yeux.

— Nous sommes collègues et nous partageons une salle de bains. Nous avons dépassé le stade de l'inconvenance depuis un moment, je crois.

— Cela ne se reproduira pas. C'est tout ce que j'essaye de vous dire.

— Pourquoi ma salle de bains vous a-t-elle fait zapper ? demanda Liv, sûre que quelque chose de capital lui échappait et irritée par ce fait, sans trop savoir pourquoi.

Cela n'aurait pas dû être le cas, elle s'en rendait compte. Elle n'aurait pas dû se soucier d'échouer à comprendre cet homme. Il aurait dû ne rien représenter pour elle, mais elle ne parvenait pas à chasser de son esprit l'expression qu'il avait eue sur le seuil de sa salle de bains, et elle voulait savoir ce qui lui avait donné cet air-là.

Adam pinça les lèvres, et elle sut qu'il se contenait. Pour Dieu sait quelle raison, ça la mit en colère.

— Mais non, dites-le-moi, l'incita-t-elle. Je veux vraiment savoir.

— C'est tellement... trop, dit-il, secouant la tête.

— Je sais. Ce n'est pas tellement ma tasse de thé non plus... Ce n'est pas du goût de mon arrière-grand-mère qu'il est question, hein ?

Adam n'avait aucune raison de lui parler de ça. Il ne savait pas pourquoi tous ces sentiments qu'il croyait avoir domptés remontaient à la surface. Cela tenait peut-être à son retour à Londres après tout ce temps. Au fait de voir de près le genre d'existence qu'on menait à quelques pâtés de maisons de l'endroit où sa mère et lui avaient eu tout juste de quoi vivre et dormi sur les canapés des autres. Il se sentit incapable de le cacher à Liv. Elle l'avait vu à demi dévêtu, ses peurs à nu, et il était plus dur qu'il ne l'aurait cru de restaurer son armure protectrice.

— C'est très différent de ce que j'ai connu en grandissant. J'ai encore du mal à croire, parfois, que c'était à quelques rues de distance. Au sens littéral et au sens métaphorique. L'aspect métaphorique, j'ai géré ça au fil des ans. Pour ce qui est du littéral, il n'a commencé à me frapper que depuis mon retour. C'est bizarre d'être dans un endroit si familier et si étranger à la fois.

— Vous avez vécu près d'ici ?

— Pendant un moment, en tout cas. Ma mère et moi avons habité chez une amie à Gosford Street.

Il la vit tressaillir, et n'aurait pu l'en blâmer. Il avait lui-même eu un recul quand ils avaient remonté la rue pour la première fois vers la tour HLM au bout du trottoir.

— Vous y êtes restés longtemps ?

— Quelques mois. Même les bons amis finissent par perdre patience quand quelqu'un squatte leur canapé.

Il était impossible qu'elle comprenne ce qu'il avait vécu. Et c'était peut-être la beauté de la chose. Elle ne serait pas plus capable de saisir la précarité de son enfance qu'un poisson rouge bien nourri et habitué à son aquarium n'aurait compris l'océan si on le lui avait expliqué.

— Donc, vous avez souvent déménagé quand vous étiez enfant ? demanda-t-elle alors qu'ils traversaient le vestibule du siège de Kinley.

— Quelque chose comme ça, je suppose.

— Vous supposez ? J'essaye de parler un peu avec vous, et

vous vous montrez moins bavard qu'un suspect de meurtre. Je ne savais pas que les détails de votre vie étaient classés « confidentiels ».

— Confidentiels, non. Mais tout le monde n'a pas une enfance modèle. Vos privilèges ressortent une fois de plus, princesse. Ce n'est pas très amusant d'expliquer à des inconnus qu'on n'a pas vécu à une adresse fixe pendant une grande partie de son enfance.

Elle le regarda, et il sut que les rouages s'enclenchaient dans son esprit alors qu'elle digérait ce qu'il venait de dire. Bon sang ! Le fait qu'il avait connu la situation d'un sans-abri n'était pas un secret. Il n'y avait pas lieu d'en avoir honte. Mais il avait du mal à en parler, le faisait donc rarement, et la plupart des gens ignoraient ce fait.

Ils étaient parvenus au bureau de Livia, le point où ils auraient dû se séparer et continuer leur journée, en s'évitant le plus possible. Mais il ne pouvait tout simplement pas s'éloigner après avoir dit ça. Alors, quand elle ouvrit sa porte, il la suivit, se tint devant elle alors qu'elle s'appuyait contre la table de travail et croisait les bras, attendant qu'il parle.

— Vous étiez sans-abri ? demanda-t-elle d'une voix qui flanchait légèrement.

— Je l'ai été à certaines périodes, rectifia Adam. Nous ne dormions pas sous un pont. Mais nous n'avions pas non plus de logement durable, continua-t-il, sentant qu'en lui taisant la vérité il ne ferait que retarder l'inévitable.

— Nous ? demanda-t-elle.

Il fut content du répit qu'elle lui accordait en posant cette question au lieu de se focaliser sur le fait qu'il n'avait nulle part où loger. Il était toujours heureux de parler de sa mère.

— Maman et moi, dit-il.

Ce qu'il ressentait avait dû transparaître sur son visage, car Liv lui sourit.

— Vous êtes proches ? s'enquit-elle.

Et il vit dans son expression quelque chose qui ressemblait à de la nostalgie. Il parla avec plus de douceur, se rappelant ce qu'il savait sur les parents Kinley et leur fuite à l'étranger.

— Oui, dit-il. Nous avons vécu à Londres avant qu'elle se marie voici quelques années et parte en Écosse. J'ai décidé d'emménager là-bas aussi. Ensuite, j'ai un peu voyagé. Cela faisait un drôle d'effet d'être ici sans elle.

— Et votre père ?

Adam haussa les épaules. Il n'avait rien à dire à ce sujet.

— Il n'a jamais fait partie du paysage.

— Eh bien, nous avons ça en commun : des pères épouvantables, dit-elle avec un sourire en coin qui n'effaçait en rien l'intonation blessée de sa voix. Je ne suis pas sûre que ça mériterait un toast, ajouta-t-elle.

Il esquissa un sourire.

— Je ne suis pas sûr qu'il serait bon de porter un toast à 7 h 30 du matin.

— Ni de le faire ensemble. C'est ce que nous avions décidé.

Certes, car il était beaucoup trop dangereux qu'ils aient des conversations autres que strictement professionnelles. Ils avaient bel et bien failli commettre une bêtise, la semaine précédente, et ils devaient prendre garde à ne pas se retrouver dans ce genre de situation.

Pour mettre de la distance entre eux, il avait une idée. Du moins pour quelques jours. Il lui fallait seulement l'aval de Jonathan avant d'en parler à Liv.

— Pouvez-vous me retrouver dans mon bureau d'ici une heure ? demanda-t-il. J'ai quelque chose à vous soumettre.

Elle parut surprise, mais accepta.

— Bien sûr. Je viendrai vous voir.

6

— Alors, de quoi s'agit-il ? demanda Liv en entrant dans le bureau d'Adam.

Elle s'immobilisa d'un coup en découvrant que Jonathan était là. Lui réservaient-ils encore quelque surprise ?

— Bon, dit Adam pendant qu'elle s'asseyait devant la table de travail, s'adressant directement à Jonathan. J'ai passé en revue les mails et les notes d'entretien avec le parfumeur, et je ne crois pas qu'on puisse progresser sans lui rendre visite. Liv a multiplié les échanges téléphoniques et les messages écrits, et nous ne sommes pas plus av...

— J'ai tout fait pour..., tenta de glisser Livia, mais Adam couvrit sa voix.

— Je n'en doute pas. Et vous l'avez poussé aussi loin que vous en êtes capable, à mon avis. Je sais que vous avez prévu un voyage le mois prochain, mais je ne crois pas que ça puisse attendre. Je veux partir avant la fin de la semaine, ce qui implique que nous devons avoir tous les rapports de synthèse dûment terminés avant mon départ.

— Avant *votre* départ ? demanda Liv, essayant de dompter sa colère.

Il était hors de question qu'elle se laisse priver de ça ! [illegible] investi beaucoup trop de travail pour le confier à quelqu'un qui connaissait le dossier depuis à peine une semaine !

— Vous avez dit vous-même que vous étiez très occupée, et apparemment nous n'aboutissons à rien là-dessus. J'ai pensé qu'une autre approche pourrait être utile, et du même coup ça vous déchargerait un peu, tenta d'expliquer Adam.

— Oh ! non ! dit Liv. Amener Claude Gaspard à accepter notre planning est l'aspect crucial du projet. C'est mon bébé, et je ne vous laisserai pas...

— Liv, arrête ! coupa Jonathan.

Elle se tourna vers son frère en lui lançant un regard assassin. Après tous les progrès qu'il avait accomplis dans leur relation depuis qu'il sortait avec Rowan, il allait maintenant se mettre du côté d'Adam...

— Je suis d'accord avec Liv, continua-t-il en s'adressant à Adam – et Livia en resta bouche bée. C'était son idée, et elle connaît le contexte mieux que personne. Elle a déjà établi une relation avec Claude Gaspard. Il est absurde de ne pas en tirer parti.

— Jonathan, dit Adam, prêt à signifier son opposition, j'apprécie que vous défendiez votre sœur, mais...

Jonathan se pinça le nez.

— Je ne suis pas d'humeur à arbitrer, coupa-t-il, les mâchoires serrées. Vous partez tous les deux pour Paris et, si vous pouviez trouver le moyen de collaborer sans me provoquer un ulcère à l'estomac, nous vous en serions tous reconnaissants.

Sur ce reproche, il quitta le bureau, laissant Liv avec Adam.

— Nous ne pouvons pas y aller ensemble. C'est une très mauvaise idée, dit-elle dès que son frère fut parti.

La dernière chose dont elle avait besoin en ce moment

était un week-end à Paris avec cet homme auquel il était important qu'elle résiste.

— Je suis d'accord, mais je tiens à être impliqué. Alors, la seule solution est que nous y allions tous les deux, affirma Adam avec un regard de défi. Comme l'a dit votre frère.

Liv secoua la tête. C'était de la folie, il en avait sûrement conscience !

— Vous savez très bien que ce n'est pas une bonne idée. Nous étions d'accord *tous les deux* sur le fait de devoir être plus prudents en ce qui nous concerne. Nous n'allons pas entreprendre ensemble quelque chose qui ne peut que mal se terminer ! Ce voyage à Paris est une idée catastrophique.

Il haussa les sourcils. Puis il fit un pas vers elle, bras croisés, l'air dangereux.

— Vous aurez donc tant de mal à me résister ?

— Vous pensez que le souci, c'est *mon* self-control ? demanda-t-elle, déplorant le tremblement de sa voix.

Oh ! il avait tellement raison ! Quand il la regardait ainsi, elle aurait pu facilement s'égarer.

— Vous n'êtes pas aussi irrésistible que vous le pensez, soutint-elle en s'efforçant de cacher qu'il lui faisait de l'effet. Et Paris n'est qu'une ville. Si je suis capable de ne pas coucher avec vous ici, je ne risque pas d'avoir du mal à en faire autant parce que nous aurons franchi la Manche.

— Parfait. Je vais demander à Maria de prendre les dispositions nécessaires.

Livia décocha un regard résolu à Adam.

— Si une fois là-bas il s'avère qu'il n'y a qu'un seul lit, vous irez dormir sur le canapé. Alors, n'y songez même pas.

— Nous n'aurons jamais fini avant ce soir, gémit Liv bien après l'heure où elle serait normalement partie dîner.

Son assistante avait réussi à obtenir des billets d'avion à la dernière minute, mais avait pris au pied de la lettre l'expression « dès que possible », si bien qu'ils décolleraient à 7 heures le lendemain, au moment où elle prenait son petit déjeuner, d'habitude. Et cela impliquait de passer la nuit à boucler les rapports de synthèse.

Elle avait compilé les études de marché pendant plus de trois heures dans la tranquillité de son bureau, oubliant bienheureusement qu'elle s'envolerait sous peu vers la ville la plus romantique du monde avec un homme qu'elle désirait éperdument. Au point d'en oublier sa personnalité si désagréable, sans doute, si elle ne se tenait pas sur ses gardes sans faillir. Elle avait élaboré la synthèse de la manière la plus aboutie possible sur la base de ses recherches personnelles, sans consulter Adam sur le travail qu'il avait effectué pour sa part. Elle avait attendu qu'il vienne la voir, refusant de donner un signe de faiblesse parce qu'elle avait besoin de lui, fût-ce sur un plan professionnel. Cependant, ils n'avaient pas de temps à perdre en petits jeux. Alors, elle repoussa son fauteuil, sortit de son bureau et frappa à la porte d'Adam.

Il leva les yeux quand elle entra, et elle vit poindre un sourire sur ses lèvres avant qu'il se ressaisisse.

— Tout va comme il faut ? s'enquit-il d'un air et d'une voix neutres, professionnels.

— J'ai terminé la partie études de marché. Nous devons l'articuler avec vos données financières et revoir le tout ensemble.

Adam acquiesça. Il approuvait, visiblement, qu'ils aient retardé le plus possible le moment de travailler dans la même pièce. Ce qui serait tout de même un bon entraînement pour les deux jours qu'ils passeraient en compagnie l'un de l'autre.

Liv était assise dans le fauteuil de l'autre côté du bureau d'Adam, soulagée que le solide meuble en bois fasse office de barrière entre leurs corps. Une barrière difficile à déplacer, si leur self-control venait à faillir.

— C'est très bon, dit Adam, passant en revue les pages qu'elle avait flanquées sur le bureau.

— Inutile d'être aussi étonné. Pensiez-vous qu'on m'avait engagée pour mes beaux yeux ? Ou que j'avais pu franchir la porte parce que je porte le nom de Kinley ?

— Niez-vous que votre nom de famille vous ait aidée ?

— Que voudriez-vous que j'y fasse ? Je ne peux pas changer de parents. Dieu sait que, si j'en avais eu la possibilité, je l'aurais saisie depuis longtemps. Auriez-vous oublié qu'ils sont partis en m'abandonnant ?

Adam se renversa dans son fauteuil, levant les mains en un geste d'apaisement.

— Désolé. Il est clair que j'ai touché une corde sensible.

— Ne me faites pas passer pour quelqu'un de susceptible. Si vous avez l'intention de laisser entendre que mes origines sont une chance, vous aurez à subir mon mécontentement. Simple relation de cause à effet. Ne m'irritez pas si vous ne voulez pas que je sois irritée.

— Je pense seulement que ce serait plus facile si vous acceptiez que votre nom vous a donné un coup de pouce dans ce métier.

— Et on s'entendrait beaucoup mieux si vous acceptiez que le profond traumatisme d'être abandonnée par des parents qui vous ont traitée en princesse pendant les dix-huit premières années de votre vie – tout en jetant l'opprobre sur le nom familial – pourrait contrebalancer une part de ces privilèges. Si vous arrêtiez une seconde d'être obsédé par ce que j'ai eu et vous non, vous verriez peut-être que je n'ai pas eu la vie aussi facile que vous semblez le penser. Que je donnerais tout, et avec joie, pour avoir ce que vous avez.

Adam laissa couler un soupir, posant sur elle un regard adouci.

— Liv, je suis désolé, je n'ai pas réfléchi.

Elle secoua la tête, car en effet il n'avait pas réfléchi.

— Il ne vous est pas venu à l'idée que les enfants pourris gâtés des riches avaient parfois la vie dure eux aussi ? Que nous pouvions souffrir ? Vous devriez peut-être apprécier votre chance, à l'occasion, avant de déblatérer sur la vie facile que j'ai eue comparée à la vôtre.

Livia s'affala dans le fauteuil, soudain épuisée. Elle n'aurait pas cru qu'un déferlement émotionnel était si éreintant. Dire qu'il avait fallu qu'elle attende, pour cette « première », d'être en plein bouclage avec un homme qu'elle avait terriblement envie de détester et tout aussi envie d'embrasser ! *Tu parles d'un moment idéal pour perdre son sang-froid !*

— Vous avez besoin d'une pause, dit Adam, ignorant son éclat.

Elle le prit comme une offre de paix. C'était un cadeau, en fait, de ne pas avoir à penser aux choses qu'elle avait dites.

— Nous en avons besoin tous les deux. Et de manger quelque chose, aussi.

Là-dessus, il enfila son blouson en cuir et lui tourna le dos pour sortir de son bureau et gagner les ascenseurs.

Pendant son absence, Liv prit connaissance des documents d'Adam, assemblant leurs travaux respectifs et soulignant les parts qui exigeraient plus de travail avant d'en avoir fini. Elle consulta sa montre. Ils en avaient jusqu'à 2-3 heures du matin, à ce rythme. Elle n'aurait même pas le temps de rentrer faire sa valise. Elle envoya un message urgent à Rowan pour lui demander de mettre quelques affaires dans un sac et les lui faire parvenir par Jonathan à la première heure, le lendemain. Puisque sa meilleure amie couchait avec son frère, autant en tirer quelques avantages.

Elle lisait la réponse de Rowan, lui recommandant de ne pas travailler trop dur, lorsqu'elle fut alertée par le bruit de l'ascenseur. Adam en sortit enveloppé de l'alléchante odeur des excellents plats du thaï du coin de la rue et, s'ils n'étaient pas convenus que c'était une très mauvaise idée, elle l'aurait volontiers embrassé.

— Je retire tout ce que j'ai dit. Vous êtes mon héros, lui dit-elle, poussant ses documents sur le côté pour libérer de la place sur le bureau.

Adam sortit le contenu des sacs et révéla, en ôtant les couvercles, du curry parfumé, du riz blanc et du *pad thaï* agrémenté d'arachides grillées.

— On ne peut pas travailler le ventre vide, dit-il, lui passant des couverts et des baguettes en bambou.

Ni se faire la guerre, ajouta *in petto* Liv, car ils n'étaient pas précisément en train de travailler peu avant qu'il parte. Elle aborda les quelques lacunes qu'elle avait trouvées dans leur travail tout en mangeant, ce qui aurait été plus facile si elle n'avait pas été sans cesse distraite par la façon dont Adam tenait ses baguettes. Son regard était sans cesse attiré par sa bouche virile. Et elle voyait son amusement quand il la surprenait en train de le regarder, son visage s'éclairant tout entier.

— C'était la première partie, dit-il quand ils eurent fini et fait disparaître les emballages.

— La première partie de quoi ?

— De « on a plein de boulot à abattre et on s'épuisera si on ne fait pas de pauses ».

Il se leva et vint du côté où elle était, lui tendant une main pour l'aider à se lever, un trousseau de clés dans l'autre.

Elle eut une hésitation.

— D'où sortez-vous ça ? Où m'emmenez-vous, et devrais-je communiquer l'adresse à une amie ?

— Tss, tss, fit Adam. Vous avez bien peu de foi en moi ! J'ai bavardé avec l'agent de sécurité. Il s'avère qu'on a fréquenté la même école et, quand j'ai dit qu'on avait besoin d'une pause, il m'a révélé un secret.

Livia franchit à sa suite une volée de marches, puis un couloir dont le parquet était recouvert d'une épaisse couche de poussière, avec quelques empreintes de pas d'un côté.

— Ça sent le tueur en série, dit-elle.

— Je suis dévasté de voir que vous me faites si peu confiance.

Tout en parlant, Adam isola dans le trousseau une longue clé à l'ancienne, en cuivre. La serrure sembla d'abord vouloir lui résister, mais finit par céder avec un déclic sonore, et la porte s'ouvrit sur le ciel.

Enfin, plus exactement sur un toit plat et une sortie de secours, mais avec une vue imprenable sur la ville de Londres.

— C'est fantastique, souffla Liv. À dater de maintenant, vous êtes chargé de faire ami-ami avec tous les vigiles.

Il y avait un antique ensemble de meubles de jardin couverts de mousse, avec au milieu de la table un briquet et un cendrier d'aspect neuf qui révélaient ce que le vigile faisait en ce lieu.

— Travaillons ici un moment, proposa Adam.

Liv acquiesça. Elle avait besoin de rédiger tout de suite, tandis qu'elle sentait vibrer la ville autour d'elle.

— Je ne connais pas ce regard-là, observa Adam qui revenait avec leurs ordinateurs portables, en la regardant d'un air un peu préoccupé. Devrais-je m'inquiéter ?

— C'est mon air inspiré, dit-elle en allumant son ordinateur. Et la seule chose que vous devriez redouter est d'être écrasé par mon génie.

Il eut un petit sourire en coin et ouvrit son portable, affichant le document partagé sur lequel ils avaient travaillé.

— Vous avez fini d'effacer ce paragraphe ? jeta Liv une demi-heure plus tard alors qu'il venait de récidiver pour la troisième fois. J'en ai assez de le rétablir.

— Alors, saisissez l'allusion et arrêtez de le restaurer, répondit-il en continuant à pianoter sur son clavier à un rythme rapide. Il est inutile. Vous avez établi les mêmes points ailleurs.

— Mais je le fais mieux à cet endroit.

Elle revint sur un passage très prolixe au sujet de leur consommateur idéal, qu'Adam tentait de lui faire dépasser.

— Il faut savoir renoncer à vos péchés mignons, dit-il d'un ton sardonique.

Livia lui aurait volontiers arraché les yeux !

— Il est beaucoup plus amusant de sacrifier les vôtres !

Elle leva les yeux et croisa délibérément son regard, avant de surligner puis d'effacer la page sur laquelle il travaillait. Il ne lui retourna pas son regard. Au lieu de cela, il se leva, lentement, mains sur la table, soutenant son propre poids. Cherchait-il à paraître menaçant ? se demanda-t-elle, croisant les bras et le regardant dans les yeux. Jusqu'au moment où il inclina la tête et se pencha plus près, encore plus près… Seigneur, allait-il l'embrasser ? Elle le regarda faire, consciente de devoir stopper la manœuvre mais serrant les poings d'impatience…

Si c'était un test, elle allait échouer, pensa-t-elle, tandis qu'il continuait à s'incliner vers elle, et qu'elle anticipait le baiser. Pour finir, il fut tout à fait penché par-dessus la table et… rabattit l'écran de son portable.

— Mais qu'est-ce qui vous prend ? demanda-t-elle en se levant si brusquement qu'elle renversa sa chaise.

Adam s'était redressé, les mains dans les poches, l'air intolérablement suffisant. Il haussa les épaules.

— Il m'a semblé devoir vous arrêter avant que vous n'effaciez tout ce que nous avons rédigé cette nuit.

— Tout effacer ? *Moi ?* dit-elle, réalisant qu'elle parlait d'une voix étranglée, tandis qu'Adam fermait son propre ordinateur et ramassait tranquillement ses affaires.

— Je pense avoir fini. Je retourne dans mon bureau.

Il n'était pas question qu'elle lui permette d'avoir le dernier mot et de la planter là !

— Eh bien, si vous avez fini, moi pas, dit-elle en le suivant jusqu'à la porte. C'est vous qui m'avez dit de couper certains passages.

— Oui, dans ce que *vous* aviez écrit, dit-il en s'engageant dans le couloir, si bien qu'elle fut obligée de trottiner pour rester à sa hauteur.

Il le faisait exprès, elle en était sûre !

— Vous savez que je vous déteste, hein ? lança-t-elle avec le plus grand sérieux. Ce qu'il y a de mieux dans le lancement de ce parfum, ce n'est pas qu'il injectera de l'argent dans l'entreprise, sera un triomphe professionnel et rétablira l'unité dans la famille… c'est que je ne serai plus obligée de revoir votre petit sourire suffisant !

Adam s'immobilisa soudain dans l'escalier et se retourna, sur la marche inférieure, si bien qu'ils se regardaient presque les yeux dans les yeux, pour une fois.

— Cela n'a pas eu l'air de vous déranger il y a un instant,

quand vous avez cru que j'allais vous embrasser, nota-t-il avec une perspicacité imparable.

— Je réfléchissais au moyen de vous planter en douceur, mentit-elle. Ou, sinon, de vous pousser par-dessus le parapet.

— Pas du tout. Vous pensiez au baiser. Vous savez aussi bien que moi que notre attirance est trop forte et qu'on n'arrive pas à bosser ensemble. Que vous avez peur d'aller à Paris avec moi demain parce que vous ignorez comment vous pourrez me résister.

Livia refusa de lui laisser voir la justesse des affirmations qu'il avait accumulées dans son petit laïus.

— Vous ne croyez pas vraiment à tout ça, avouez-le.

— Je le crois parce que je le ressens moi-même, dit-il en se penchant vers elle. Parce que je pense que je serai assis tout près de vous pendant le vol en me demandant comment m'empêcher de vous toucher. Parce que, tout en me disant que je faisais mine de vouloir vous embrasser pour vous contrarier, la scène se déroulait pour de bon dans mon esprit, et que je n'ai jamais rien désiré aussi violemment que ce baiser.

Livia le dévisagea, sidérée qu'il ait lâché toutes ces pensées secrètes. À quoi bon nier puisqu'il savait déjà tout ?

— Que va-t-on faire à ce sujet, alors ? demanda-t-elle d'une voix si basse qu'elle était presque défaillante.

— Nous avons tenté de l'ignorer jusque-là, dit-il.

Elle hocha la tête.

— Et ça n'a pas marché.

— Pas pour moi, non.

— Alors, on n'a plus qu'une solution : l'accepter. Pour crever l'abcès sans traîner.

— Pour être bien clair, dit-il – et en percevant sa voix

légèrement étranglée, elle y vit une victoire –, quand vous parlez de « crever l'abcès »...

— Je parle de régler ça à l'ancienne, par la pratique. Expédier l'affaire pour que j'arrête de penser à vous à chaque seconde et me remette au travail.

Adam la considéra pendant une bonne minute avant de trouver ses mots.

— Soit. S'il faut en passer par là. Mon bureau ou le tien ?

Au lieu de répondre, Liv l'agrippa par sa chemise et le poussa contre le mur, profitant de leur position dans l'escalier. Elle écrasa ses lèvres sur celles d'Adam, déterminée à remporter au moins une victoire, cette nuit. Il l'avait rendue folle, l'avait forcée à affronter ce qu'elle ressentait pour lui, et à présent elle allait le lui faire payer.

Cependant, il ne semblait pas prendre ça pour une punition. Car il gémissait de plaisir, et il la plaqua contre lui. Voici même qu'il faisait courir ses mains viriles le long de ses cuisses, la saisissait au creux des genoux et la soulevait, tout en la faisant pivoter contre le mur.

Elle tenta de ne pas réagir quand il fit courir le plus léger des baisers le long de sa mâchoire. Quand ses mains lui caressèrent les cuisses, qu'elle avait repliées autour de ses hanches viriles. Mais elle ne parvint pas à étouffer un bruit de gorge quand il trouva les boutons de son chemisier et les fit sauter un à un. Lorsqu'elle s'attaqua à la boucle de sa ceinture, cherchant désespérément à avoir ce qu'elle voulait, à en finir, il lui saisit les poignets et les rabattit contre le mur, puis il se rejeta en arrière quand elle tenta de l'embrasser encore.

— Tu veux me mettre au supplice, dit-elle, accusatrice, consciente de se montrer irritable.

— Si tu as un problème, sens-toi libre de te plaindre aux

ressources humaines. Personnellement, je ne vois pas la nécessité de me presser...

Elle gémit et renversa la tête contre le mur, réalisant pour la première fois que plus elle insistait, plus il résisterait à sa volonté d'en finir au plus vite.

Cette fois pourtant, lorsqu'elle s'attaqua à sa ceinture, il n'essaya pas de l'en empêcher. En le voyant si immobile et figé, elle sut que sa maîtrise de lui-même ne tenait plus qu'à un fil. Elle esquissa un sourire en coin satisfait. Elle allait vaincre sa résistance, le vaincre, lui, et le contraindre à l'en remercicr ensuite.

Elle eut un soupir étranglé lorsque Adam lui saisit les poignets et se pencha vers elle, ne lui laissant pas d'autre choix que de se renverser en arrière.

— Ça va ? murmura-t-il contre son oreille.

Elle pressa les lèvres contre sa peau, savourant son goût – seul équivalent d'un « oui » dont elle était capable tandis que son esprit et son corps s'abandonnaient.

7

Liv recouvra sa clarté d'esprit à mesure qu'elle tentait de reprendre son souffle, allongée sur le parquet du bureau d'Adam, ne sachant pas très bien comment ils avaient échoué là. Ni si elle avait gagné - si toutefois il s'agissait d'une bataille.

Elle se redressa et promena le regard autour d'elle en se demandant où était passé son soutien-gorge. Elle finit par le découvrir accroché au coin de l'écran. Son slip était dans le fauteuil de bureau. Elle l'enfila donc en premier, se ressaisissant peu à peu.

— Mmm..., dit Adam qui, toujours allongé sur le sol, se redressa sur un coude pour la regarder. J'imagine qu'on devrait se remettre au boulot.

— Si on ne le fait pas, on aura vraiment perdu notre temps, souligna-t-elle, essayant de ranimer son esprit bravache habituel mais incapable de ne pas sourire lorsque Adam lui éclata de rire au nez.

Il était tellement plus difficile d'être en colère contre lui, maintenant qu'ils avaient couché ensemble. Ce n'était pas une relation de travail idéale, elle devait l'admettre. Mais en ce moment, de là où elle se trouvait, cela ne lui semblait pas si épouvantable.

Cela aurait probablement été plus simple si leurs ébats avaient été un peu moins agréables. Si elle avait tenu bon et l'avait poussé à la prendre vite fait contre un mur d'escalier, au lieu de se laisser piéger dans... du sentiment, de la douceur, et ce qui ressemblait à un lien sentimental entre elle et lui.

Oh ! ce n'était sûrement qu'un tour que l'hormone du bonheur jouait à son cerveau ! En ce moment, elle baignait dans les endorphines, mais elle était trop avisée pour y voir quelque chose d'authentique.

Elle s'installa dans le fauteuil de bureau une fois qu'elle fut habillée, tandis qu'Adam renfilait son pantalon, puis elle alluma son portable. Cinq heures seulement les séparaient du départ, et il fallait terminer le travail. Adam occupa le siège en face d'elle sans un mot. Elle se remit à l'œuvre sur leur document partagé.

Ils travaillèrent sans parler, dans le silence nocturne toujours plus profond seulement rompu par les cliquetis rapides de leurs claviers, levant parfois les yeux de leurs écrans pour échanger un regard après un commentaire acerbe ou une suppression de paragraphe. Et d'une façon ou d'une autre, ça marchait – la combinaison de leurs expériences professionnelles, de leurs expériences de vie aux antipodes l'une de l'autre. Ils se complétaient, se défiaient, et créaient quelque chose qui surpassait tout ce qu'ils avaient pu accomplir séparément.

Jonathan frappa à la porte à 6 heures, et Livia leva les yeux vers lui en réalisant qu'ils avaient à peine bougé de leurs places, à l'exception d'une visite aux toilettes ou d'une pause-café. Il fronça les sourcils, puis parut un peu trop édifié en constatant qu'elle occupait le fauteuil d'Adam.

— Tout s'est bien passé cette nuit ? s'enquit-il.

Elle évita avec soin d'établir un contact visuel avec Adam, sûre que le plus fugace des regards les aurait trahis.

— Très bien, on a fini ! dit-elle en fermant son portable et en adressant un sourire factice à son frère avant de consulter sa montre. Avec cinq minutes d'avance sur la voiture qui doit nous conduire à l'aéroport.

— Rowan m'a chargé de te remettre ça.

Jonathan lui tendit son sac fourre-tout, contenant ce dont elle aurait besoin pour la nuit à Paris.

— Merci, dit-elle en saisissant le bagage. Il y a autre chose ?

— Juste que… je crois en toi. Tu vas faire des merveilles là-bas, dit-il quelque peu maladroitement.

Cette fois, quand elle lui sourit, son expression était authentique.

— Oh ! Jonathan ! lança-t-elle en lui donnant sur le bras une petite tape affectueuse. Serais-tu en train de te radoucir ? Rowan a une si bonne influence sur toi !

Il leva les yeux au ciel, puis se pinça le nez.

— Sors donc d'ici, et ne me le fais pas regretter !

Livia sortit du bureau sans accorder un regard à Adam, mais elle l'entendit échanger quelques mots avec Jonathan, derrière elle. Elle entra dans l'ascenseur et se retourna pour observer les deux hommes. Quand Adam avança vers elle, elle carra les mains sur ses hanches et s'autorisa à lui sourire. Comme les portes coulissaient, elle rencontra enfin son regard, et salua d'un large sourire la fermeture des battants de métal qui se soudaient devant lui, le laissant de l'autre côté.

— C'était puéril, dit Adam quand il la rejoignit dans le hall, après avoir dévalé l'escalier selon toute apparence.

Elle lui décocha un sourire innocent.

— Je ne voulais pas que tu t'imagines que je me laisserais marcher sur les pieds maintenant que...

— ... j'ai couché avec toi.

— Quelle classe ! le fustigea-t-elle ironiquement. C'est ce que j'adore, chez toi.

— Monte !

Elle le fusilla du regard alors qu'il lui ouvrait la portière, puis se glissa sur le siège arrière, soucieuse de ne pas provoquer de dispute devant les employés qui commençaient à arriver. Une fois la portière refermée, un silence inconfortable s'installa entre eux.

Il se prolongea. Tout le long du trajet en voiture, de la traversée de l'aéroport, des files de contrôle, jusqu'au moment où on leur désigna leurs places en classe affaires.

— Je crois qu'il y a un malentendu, dit Liv à l'hôtesse.

— Non, il n'y en a pas, dit derrière elle Adam en congédiant d'un sourire l'équipe navigante. Je nous ai fait surclasser, ajouta-t-il à voix basse à l'adresse de Liv, plaçant son sac dans le compartiment à bagages et tendant une main pour faire de même avec celui de Livia.

Elle s'y cramponna. Elle ne donnerait rien sans avoir de réponses.

— Kinley est en pleine austérité budgétaire, et tu organises un transfert en classe supérieure sans m'en parler ?

— J'ai payé les billets.

Elle eut un petit rire amusé.

— Je suis la princesse pourrie gâtée, mais c'est toi qui ne supportes pas un voyage à Paris en classe économique ? Il n'y a que deux heures de vol, Adam.

Il fit un pas en avant pour se faire entendre d'elle dans un murmure.

— As-tu vraiment envie de sentir ta cuisse contre la

mienne pendant deux heures sans pouvoir me toucher ? Tu m'entraînerais aux lavabos avant qu'on survole la Manche.

Livia leva les yeux vers lui, songeuse. Puis elle posa une main sur la joue d'Adam, et attira sa tête à elle pour chuchoter sa réplique à son oreille.

— Comme si tu pouvais tenir jusqu'aux lavabos !

Il lui ôta son bagage des mains, le logea rudement dans le compartiment puis, la prenant par les hanches, la fit asseoir, vrillant un regard noir sur elle tandis qu'il lui bouclait sa ceinture.

— Ça te fait donc si peur ? demanda Liv. Ce que tu ressens pour moi ?

Adam n'aurait pas su préciser ce qui le heurtait de plein fouet – les paroles de Liv ou la réalisation qu'elles étaient vraies. Oui, elle lui faisait peur. Leur alchimie sensuelle lui faisait peur. Tout comme le fait que leurs ébats avaient rendu la situation cent fois pire.

Car ils ne pouvaient pas revenir en arrière. Il avait trouvé dur de la côtoyer quand leur attirance sexuelle restait un territoire inconnu. Quand il était distrait en permanence, se demandant ce qui se passerait si elle baissait sa garde un instant. Se demandant l'effet que ça ferait de la goûter, de l'entendre haleter et gémir.

Avoir les réponses présumait mettre fin à ses interrogations, à sa distraction. Il était censé se concentrer maintenant sur le rendez-vous auquel ils se rendaient. Au lieu de s'offrir une « rediffusion » plan par plan de ce qui s'était déroulé au bureau. Comment pourrait-il y travailler à l'avenir ? Mais Jonathan les avait vus là ensemble. Il serait beaucoup trop révélateur de faire un échange de mobilier, ou de décider tout à coup qu'il préférait occuper tout bureau qui se trouverait libre au lieu d'en avoir un assigné.

Après être allé aux toilettes, il trouva Liv toujours à sa place, mais elle avait débouclé sa ceinture.

— Est-ce que tu te sens mieux après ton numéro d'homme des cavernes ? lui lança-t-elle alors qu'il reprenait place à côté d'elle.

Il serra les mâchoires, résistant à l'envie de rétorquer. C'était précisément ce qu'elle cherchait, alors il devait l'en priver.

Il lui fallait trouver le moyen de réparer les ravages de leur nuit ensemble. Il lui fallait oublier tout ce qu'ils avaient découvert l'un sur l'autre. Maintenant, alors que la poussée d'adrénaline due à leur nuit blanche commençait à retomber, il réalisait qu'il avait été vraiment idiot de croire qu'il pouvait s'affranchir à peu de frais de son envie d'elle et passer à autre chose.

Il se demanda si elle ressentait la même chose que lui. Ou si elle avait déjà oublié. Peut-être s'était-elle libérée de lui, tout comme ils l'avaient projeté. Il fallait qu'il sache. Il coula un regard vers elle. Elle regardait par le hublot, l'air royalement détendu et insouciant. Mais il avait d'elle une connaissance plus intime. Il lui suffisait de fermer les yeux, et voici qu'il l'embrassait. Humait sa senteur. La goûtait. Et quand il la voyait fixer le hublot, il remarquait aussi ses mains entrelacées. La tension de ses épaules. Son obstination à ne pas se tourner vers lui. Elle était loin d'être insensible. Et cela n'arrangeait rien, bien au contraire.

Ce déplacement serait un défi. Il n'y avait aucun doute là-dessus. Il serait stupide de penser qu'il n'avait pas à être sur ses gardes puisqu'ils ne devaient pas en revenir au point où ils en étaient la veille. Il savait qu'il en aurait la tentation. Qu'il pourrait se convaincre de récidiver. Se convaincre que c'était *logique* et *raisonnable*, et qu'il agissait ainsi pour de vraies *raisons*, au lieu de céder à son désir parce qu'il voulait Liv désespérément.

Il ne pouvait pas s'autoriser à s'impliquer avec elle plus qu'il ne l'était déjà. Une relation ne marchait que si on était prêt à être vulnérable, et il avait appris très tôt que c'était parce qu'il s'était comporté en dur qu'il avait survécu, que sa mère et lui étaient sortis de la pauvreté. Il avait enfin trouvé la stabilité. La sécurité. Et il n'était pas disposé à les mettre en péril en introduisant dans sa vie un élément aussi perturbateur que Livia Kinley.

Les sièges de la classe affaires remplirent leur office, et il put éviter pendant tout le vol de toucher Liv – accidentellement ou non. Dieu merci, elle semblait aussi déterminée que lui à garder ses distances !

Au moment où ils arrivèrent à leur hôtel, il s'était laissé prendre à un faux sentiment de sécurité. Alors, quand ils se présentèrent à la réception et que l'hôtesse fronça les sourcils, il se retrouva aussitôt sur ses gardes.

— Il y a un problème ? s'enquit-il comme elle passait en revue divers feuillets.

— Êtes-vous sûrs d'avoir réservé deux chambres ? demanda l'hôtesse dans un anglais mâtiné d'un léger accent.

— Oui ! répondirent-ils en chœur, avec tant de force qu'elle leva les yeux d'un air surpris.

— Vos deux noms sont inscrits pour une chambre double, pour le moment, mais...

— Non. C'est inacceptable, dit Adam au moment même où Liv déclarait :

— Absolument pas. Trouvez-nous une autre chambre, je vous prie.

Liv préférait ne pas savoir ce qui se lisait sur leurs traits pour que la réceptionniste s'efforce visiblement de dissimuler un sourire.

— Eh bien, je n'ai pas de chambres de libres, mais je suis toute disposée à vous installer dans une suite, aux frais de la maison. Serait-ce acceptable ?

— Avec des chambres séparées ? demandèrent-ils en chœur.

Cette fois, la réceptionniste leur sourit ouvertement.

— Oui, des chambres séparées. Avec un salon et un coin repas communs.

— C'est très bien, dit Liv. Merci.

— Toutes mes excuses pour le malentendu de réservation. J'espère que ça n'affectera pas votre séjour.

Adam hocha la tête, mâchoires serrées.

— Je suis sûr que non.

Ils suivirent les indications pour gagner la suite et, quand la porte se referma sur eux, Livia sentit monter sa tension.

— Le destin a voulu s'en mêler ? demanda-t-elle en déposant son bagage.

— Ce n'est qu'un raté, dit Adam, passant distraitement la main sur sa mâchoire. Cela ne signifie rien. Et de toute façon, c'est arrangé, maintenant.

— Exact, dit Liv, gagnant une porte et découvrant qu'elle ouvrait sur une chambre avec vue sur la tour Eiffel.

— Celle-ci est pour moi ! lança-t-elle par-dessus son épaule.

Elle gagna les vastes fenêtres, et contempla la ville et le monument.

— Vos désirs sont des ordres, princesse ! répondit Adam.

Livia sourit, car ses piques avaient cessé de la blesser. Leur effet était beaucoup plus dangereux. Elles ravivaient les souvenirs de la nuit écoulée qui ne pouvait être qu'une erreur. Cependant, ils avaient déjoué un coup du destin – ou du système de réservation de l'hôtel – destiné à les faire échouer de nouveau dans le même lit. Maintenant, il leur suffirait de passer le reste du voyage en évitant de commettre quelque chose d'aussi stupide. Car ils auraient beau chercher des justifications, la nuit dernière, ils s'étaient fourvoyés. Avaient-ils sincèrement cru qu'en couchant ensemble ils tireraient le meilleur parti de leur alchimie sensuelle et non le pire ? Ou bien, comme elle le soupçonnait maintenant, Adam avait-il recouru à ce prétexte pour prendre ce qu'il voulait, si dangereux que cela fût ?

En tout cas, ils ne pourraient pas s'illusionner de nouveau avec ce raisonnement. Car ils ne pouvaient pas douter, ce matin, qu'ils ne s'étaient pas du tout « affranchis » l'un de l'autre. À en juger par la façon dont Adam s'était détourné d'elle, dans l'avion, il était prêt à recommencer, tout comme elle.

Elle sortit son portable de son sac de voyage et l'installa sur la coiffeuse de sa chambre. Rien de tel que le boulot pour s'occuper l'esprit.

Le maître parfumeur qu'ils devaient rencontrer dans la journée travaillait chaque année avec un tout petit nombre de clients triés sur le volet, et il avait dit à Livia, au téléphone, qu'il n'avait absolument pas la possibilité d'aménager, dans son planning, le temps de créer un parfum signature pour la maison Kinley.

Mais il était l'arrière-petit-fils du nez qui avait créé la fragrance originale pour l'arrière-grand-mère de Livia, et celle-ci était bien résolue à ne pas quitter Paris sans l'avoir convaincu de mettre au goût du jour, pour entrer dans le XXIe siècle, la création de son aïeul. Ils avaient un passé commun. Et Liv ne se gênerait pas pour mettre à profit ce lien quasi familial, s'il lui permettait de faire évoluer l'entretien comme elle le désirait.

— Tu es prête ? lui demanda Adam après avoir frappé à sa porte, une heure plus tard.

Elle s'était douchée, avait passé une élégante robe noire à la Jackie Kennedy, et relu une dernière fois sa présentation succincte. Si elle n'était pas prête à présent, elle ne le serait jamais.

Ce fut à ce moment qu'elle commit l'erreur de lever les yeux sur Adam, qui l'attendait sur le seuil de sa chambre. Depuis qu'elle le connaissait, elle l'avait toujours vu en jean et T-shirt noirs, avec ce blouson en cuir qu'elle lui aurait volontiers volé. Là, ils se rendaient à un rendez-vous. Elle-même s'était changée. Elle n'aurait pas dû être surprise qu'il ait troqué ses vêtements décontractés contre un costume. Mais l'effet produit n'aurait pas dû être aussi ravageur. Ce n'était qu'un costume. Pourtant, il le portait avec tant d'allure qu'elle ne pouvait pas s'empêcher de le fixer. Il n'y avait pas si longtemps, cela lui aurait déplu. Elle n'aurait pas aimé qu'il ait un tel pouvoir sur elle. Mais maintenant qu'il savait comment ils s'entendaient physiquement, c'était différent.

— Ce n'est qu'un costume, dit-il avec un regard rembruni.

Elle détourna volontairement les yeux, furieuse contre elle-même d'être aussi transparente.

Alors qu'elle enfilait ses escarpins noirs en cuir verni, elle sentit son regard posé sur elle, et il ne le détourna pas avant qu'elle ait mis son manteau crème et pris son sac et ses documents.

Un court trajet à pied les séparait des bureaux du parfumeur, et ce fut un soulagement d'y parvenir, la présence d'autres personnes rompant la tension entre Adam et elle.

Ils furent introduits dans une pièce raffinée, adjacente au bureau de M. Gaspard, et Livia croisa les chevilles, une fois assise, pour s'empêcher de tapoter du pied tant elle était nerveuse. Lorsque la porte du bureau s'ouvrit et que Claude Gaspard s'avança, ses yeux se dilatèrent malgré elle. N'y avait-il donc que de beaux hommes en costume dans cette ville ? Il était aussi grand qu'Adam, avec une peau brune au ton chaud, des cheveux coupés très court, de grands yeux bruns.

Mais elle n'était pas là pour contempler ces deux beaux spécimens masculins, elle était là pour le travail. Elle serra la main de leur hôte puis l'embrassa sur les deux joues, à la mode continentale, pour faire bonne mesure.

— Je vous remercie beaucoup de nous recevoir de manière impromptue, monsieur Gaspard, lui dit-elle. Je vous présente Adam Jackson, qui travaille avec nous sur le lancement.

— C'est un plaisir de vous rencontrer, répondit-il. Je vous en prie, appelez-moi Claude. Mon arrière-grand-père ne m'aurait jamais pardonné si je n'avais pas pris le temps de parler avec l'arrière-petite-fille de Mme Kinley.

— Et appelez-moi Liv, s'il vous plaît, dit Livia, souriante. J'ai retrouvé leurs lettres, vous savez. Apparemment, ils étaient grands amis. Je crois qu'elle aurait été très heureuse de savoir que leur projet deviendrait enfin réalité.

— Ah, lança en riant Claude Gaspard, je savais bien que vous voudriez me convaincre de bouleverser mon planning de l'an prochain ! J'imagine que je devrais tout de même entendre votre présentation avant de vous décevoir.

Claude Gaspard sourit à Livia et, d'un large geste du bras, l'invita à le précéder dans son bureau. Adam les suivit en s'efforçant de dominer un regard noir. Le parfumeur ne flirtait pas, il se montait amical, pensa-t-il. Il n'y aurait d'ailleurs pas eu de mal à ce qu'il courtise Livia. Adam n'avait aucune justification à sa jalousie cuisante.

Il n'allait quand même pas envier un homme que Liv venait de rencontrer. Avec lequel elle se montrait charmante parce qu'elle désirait sa collaboration, et non un rendez-vous galant avec lui. De toute façon, il n'avait pas un tempérament jaloux, et il n'avait aucun droit sur Liv. Ils voulaient tous les deux se délivrer de leur obsession mutuelle. C'était pour cette raison que la nuit écoulée avait eu lieu. Si elle voulait en faire autant avec le beau Français, riche et cultivé, qui lui souriait de l'autre côté du bureau, cela ne regardait qu'elle. Alors, pourquoi serrait-il les poings à en avoir mal en y pensant ?

Il avait eu l'intention de prendre les choses en main et de mener la conversation pendant cet entretien. Il n'avait même pas voulu que Liv soit présente. Mais elle était sur sa lancée, parlant du projet avec tant d'enthousiasme que Claude Gaspard était pendu à ses lèvres. Adam aurait pu l'interrompre et amener l'attention sur lui, mais il ne voyait aucune raison d'intervenir alors qu'elle accomplissait du bon travail et qu'il n'aurait pas mieux fait.

Elle abordait la question du calendrier, à présent, qui avait toujours été le sujet de contention avec Claude Gaspard. C'était pour cela qu'il était venu à ce rendez-vous. Mais en l'écoutant, en la voyant retourner son interlocuteur, il réalisa qu'elle tenait le bon bout et se contenta de la regarder opérer. Elle insista sur leur héritage, sur l'histoire commune de leurs entreprises – chose qu'il n'aurait jamais pu mettre en avant.

Finalement, Claude Gaspard leva les mains en riant.

— Très bien, très bien, vous m'avez convaincu que ce serait un partenariat merveilleux, et je me suis engagé à essayer… de trouver le moyen que votre planning soit respecté. Maintenant, il est de mon devoir, puisque vous êtes en visite dans ma ville, de vous inviter à dîner ce soir, si vous y consentez.

Adam, soudain figé, se demanda comment Liv allait réagir. Car, en dépit du ton professionnel de cette invitation, il était évident qu'on la conviait à un rendez-vous romantique. Liv s'était légèrement crispée, et il sut qu'elle en avait conscience aussi. Quand elle finit par sourire, il vit que son expression était un peu tendue.

— C'est une charmante proposition, mais j'ai beaucoup de travail ce soir. Je suis très intéressée par la visite du laboratoire, demain, et je tiens à revoir ce que nous avons abordé aujourd'hui.

Claude Gaspard adressa un sourire magnanime à Liv, acceptant cet aimable refus sans y voir de malice.

— Bien sûr, dit-il. Peut-être la prochaine fois que vous viendrez à Paris ?

— Peut-être, concéda Liv, qui se leva et lui tendit la main par-dessus le bureau.

Adam nota qu'elle ne l'embrassait pas sur les joues, cette fois, puis s'en fit le reproche. Il n'avait aucune raison de remarquer si Liv observait les conventions sociales anglaises ou françaises à la fin de l'entretien. Ni de s'en soucier.

Il évita le regard de Claude Gaspard, alors qu'ils se serraient la main puis étaient reconduits à la porte de l'immeuble. L'avenue était inondée de lumière quand ils sortirent, et Liv se tourna vers lui avec un sourire rayonnant.

— Je crois qu'il va le faire ! dit-elle.

— Je crois qu'à un moment donné de cette rencontre il t'aurait accordé n'importe quoi.

— Qu'est-ce que c'est censé vouloir dire ?

Elle s'arrêta et, s'avançant pour lui poser une main sur le torse afin de ne pas être ignorée, elle lui lança un regard noir.

— Rien. Désolé, j'aurais dû me taire, lâcha Adam en essayant de la contourner.

Mais elle se plaça de nouveau devant lui.

— Non. Dis ce que tu pensais.

Il hésita, puis les mots sortirent comme malgré lui.

— Il t'a invitée à sortir, ce soir.

— Par politesse, soutint-elle. Je suis sûre que l'invitation s'adressait à toi aussi.

— Je suis certain du contraire, dit-il avec un rire, et tu le sais.

Liv haussa les épaules, pivota sur elle-même et reprit le chemin de l'hôtel.

— Je ne vais pas m'excuser parce qu'il m'a invitée.

— Je ne te l'ai pas demandé. Pourquoi attendrais-je des excuses ? Si tu sors avec lui, ça ne signifie rien pour moi.

Elle eut un soupir de dédain qui l'exaspéra.

— Vraiment, ça ne signifie rien que la femme avec laquelle tu as couché la nuit dernière accepte le rendez-vous d'un beau Français en ta présence ? Rien ne t'atteint, bien sûr...

Adam se força à hausser les épaules, même s'il sentait que son geste était raide et manquait de naturel.

— Nous étions convenus que ça ne signifiait rien. Si tu voulais dîner avec lui, tu aurais pu dire oui.

— Je sais que j'aurais pu accepter. Je n'avais pas besoin de ta permission. Mais je ne voulais pas ! Pourquoi aurais-je voulu sortir avec lui alors que la nuit der...

Elle s'arrêta net. Après une inspiration, elle reprit :

— Nous nous égarons, là. Je ne désirais pas qu'il m'invite, et je ne m'y attendais pas non plus. Je n'avais pas envie d'y aller, donc j'ai refusé.

Adam posa une main sur son épaule, et elle s'arrêta à ce contact.

— Je suis désolé, dit-il avec sincérité. J'étais...

— Jaloux et contrariant ?

Il voulut nier, mais n'en fut pas capable. Il était bel et bien jaloux, et Liv le savait. À quoi bon mentir ?

— Tu as raison. J'étais jaloux. Je sais que ça ne tient pas debout.

C'était sûrement une réaction d'homme des cavernes, dictée par son cerveau reptilien, due au fait qu'ils avaient couché ensemble. Rien d'autre. Et au diable le fait qu'il avait couché de nombreuses fois avec d'autres femmes sans éprouver d'attachement ! Sans jamais se sentir jaloux.

Cela ne signifiait rien parce qu'il ne permettrait pas que ça signifie quelque chose. Il n'avait qu'à ne plus jamais faire l'amour avec Livia. C'est tout. Ce n'était sûrement pas aussi difficile qu'il y paraissait en cet instant.

— Alors, tu n'aurais pas vraiment été enchanté que je dîne avec lui ?

D'une certaine façon, l'honnêteté semblait fonctionner entre eux. Enfouir leurs sentiments ne faisait que les renforcer. Aussi dit-il la vérité.

— J'aurais été écœuré que tu sortes avec lui, dit-il.

— Tant mieux, parce que dans la situation inverse je l'aurais été aussi.

Il essaya de ne pas sourire, mais les commissures de ses lèvres s'incurvèrent tout de même.

— Bon, je ne dîne pas avec Claude Gaspard, reprit-elle, et ce serait navrant de réserver une table pour une seule personne, à Paris. Alors, on dîne ensemble, ce soir ?

— Un dîner de boulot avec livraison dans la suite ?

— On n'a quasiment pas eu de pause repas, hier soir. On a mérité de souffler une heure ou deux.

— Tu as dit à Claude G...

— Je sais ce que je lui ai dit. De toute façon, je ne suis pas sûre que ce soit une bonne idée de dîner dans la chambre.

— Tu as peur de ne pas pouvoir me résister ?

Elle le considéra d'un air si sérieux qu'il ralentit l'allure.

— Qu'est-ce qu'il y a ?

— Tu crois que ça a marché ? demanda-t-elle – et il ne fut pas sûr de saisir ce qu'elle voulait dire. Est-ce que tu penses qu'on s'est libérés l'un de l'autre ? continua-t-elle en se mordillant la lèvre, trahissant ainsi son malaise.

Égoïstement, il désira qu'elle se livre la première, et non être celui qui exposerait leurs vulnérabilités. Mais c'était elle qui avait posé la question, et ils avaient eu assez d'intimité pour qu'il se sente tenu d'être honnête envers elle, à défaut d'autre chose.

— Je pense que non. Pas moi, en tout cas, avoua-t-il. Je te désire autant qu'avant. Encore plus, probablement.

Elle l'écouta en silence, et il fut avide de savoir ce qu'elle pensait. Allait-elle lui dire que c'était tout à fait à sens unique, maintenant ? Il se cuirassa par avance, s'apprêtant à affronter le coup s'il s'avérait qu'il venait de commettre une énorme erreur.

— Pour moi non plus, ça n'a pas marché, gémit-elle. Et ça me fait horreur d'avoir été si contente que tu sois jaloux.

— Ce n'est pas bon du tout, reconnut Adam.

— Tu n'as pas besoin de me le dire.

Atteignant l'hôtel, ils firent une brève halte à la réception pour commander un café, puis ils prirent l'antique ascenseur pour monter dans leur suite.

— Bon, que va-t-on faire à ce sujet ? demanda Liv, se

débarrassant de ses escarpins et se laissant tomber sur un canapé. Ignorer notre attirance n'a mené à rien, et y céder non plus. Je ne vois pas ce qu'on pourrait tenter d'autre.

— En fait, dit Adam, s'asseyant près d'elle et se penchant en avant, coudes sur les genoux, il n'y a que deux options…

Elle leva les yeux, son regard le pressant de poursuivre.

— On refait l'amour, ou on ne le refait pas.

Son franc-parler la fit rire.

— C'est à ça que ça se résume, j'imagine, admit-elle.

— Nous avons déjà testé les deux options, continua Adam, donc la question est de savoir ce que ça représente dans les deux cas – puisque nous savons déjà qu'elles nous mènent toutes les deux au même point : un désir ravivé. Il ne reste donc qu'à évaluer les risques.

— Je n'arrive pas à croire que tu subordonnes notre…

Elle marqua une pause, et il attendit qu'elle finisse sa phrase, définisse ce qu'ils faisaient.

— Bref, peu importe, biaisa-t-elle. Je suis sciée que tu veuilles une évaluation des risques pour décider si on va refaire l'amour.

— As-tu une meilleure idée ?

Liv secoua la tête.

— Je suis trop gênée pour en avoir.

— Si on n'a pas d'autre idée, analysons les choses, alors. Coucher ensemble. Quels sont les risques. Vas-y…

Elle réfléchit un moment.

— Tu tombes amoureux fou de moi, tu t'attaches trop et tu compliques les choses quand je te brise le cœur.

— Pff ! dit Adam. Je parie que je survivrai. Mais tu soulèves un point intéressant. Une fois n'a pas suffi. Qu'en serait-il s'il y en avait deux ? Ou trois ? Ou quatre ?

— Donc, le plus grand danger de refaire l'amour est… de vouloir le refaire encore ?

— Franchement, à t'entendre, ça n'a pas l'air si dangereux.

— Alors, suggère autre chose. Il y a sûrement d'autres bonnes raisons de ne pas le faire.

— Cela pourrait nous distraire de notre travail. Gâcher les négociations avec Claude Gaspard.

— Je suis une professionnelle. Je ne me laisse pas distraire si facilement. Tu as une bien haute opinion de tes prouesses sexuelles !

— Tu penses que je n'arriverais pas à te détourner de ton job ? dit Adam avec un sourire narquois. Nous sommes pourtant en train d'évaluer les risques de notre liaison au lieu d'effectuer un travail plus productif, et je ne suis même pas à poil.

Liv gémit.

— Arrête de parler de nudité alors qu'on essaye de prendre les bonnes décisions. Trouve une autre raison de ne pas récidiver.

— Ton frère pourrait me tuer ? suggéra-t-il – et elle leva les yeux au ciel.

— Alors ça, je m'en fiche.

— Tu n'aides pas beaucoup, chérie.

— M'appeler « chérie » n'aide pas non plus. Je n'aime pas ça.

Elle eut droit à l'un des vrais sourires d'Adam.

— Pourquoi je continue à le faire, à ton avis ?

— Je te déteste ! dit Liv avec un soupir mélodramatique et en se renversant sur le canapé, une main sur le visage.

— Ça m'a tout l'air d'une bonne raison pour ne pas coucher avec moi, souligna-t-il.

Elle retira sa main et le regarda en plissant les paupières.

— Tu crois, hein ?

— Bref, on n'a… aucun argument ? Rien ? demanda-t-il.

— Rien du tout, sauf que ça nous donnerait encore plus envie de recommencer – pas vraiment idéal comme élément dissuasif – ou qu'on finirait par se prendre en sympathie, ce qui est carrément irréaliste.

— Donc, on devrait accepter la chose ?

Liv haussa les épaules.

— Du moment qu'on ne fait pas entrer de sentiments dans l'équation, je ne vois pas quel mal il y aurait.

— « Ah ! Qu'en termes galants ces choses-là sont mises ! » ironisa Adam, citant Molière.

— Si tu n'es pas content, tu peux débarrasser le plancher. Tu nous rendrais service.

Adam se mit debout et, un instant, Livia se demanda s'il allait la prendre au mot et partir. Au lieu de cela, il se posta devant elle. Elle laissa échapper un soupir saccadé et rencontra son regard, plus intense qu'elle ne l'avait jamais vu.

Il lui tendit la main. Elle mit la sienne contre sa paume avant même d'en avoir conscience. Quand il l'amena à se lever, il était si proche qu'elle dut accepter son soutien pour ne pas tomber à la renverse. Il l'enlaça, et elle noua les bras autour de son cou. Elle savait ce qui s'ensuivrait. Elle sentait, sur ses lèvres, le souffle d'Adam, et ne comprenait pas très bien pourquoi le baiser ne venait pas encore. Pourquoi elle ne l'embrassait pas déjà. Elle savait seulement qu'en lui effleurant la bouche elle miserait tout. Elle se demanda s'il était trop tard pour revenir en arrière. Oh ! elle ne craignait pas qu'Adam la pousse à agir de façon contraire à sa volonté.

C'était d'elle-même qu'elle doutait, de son jugement, de sa capacité à garder son sang-froid.

Embrasser Adam quand ils étaient convenus qu'il s'agissait d'un échange unique, passe encore. Or la donne avait soudain changé, dangereusement ouverte, et l'enjeu devenait à haut risque.

Mais à quoi bon chercher à gagner du temps ? Si intimidante que fût la situation, elle était aussi inévitable. Livia avait passé les douze dernières heures dans l'abstinence, et sentait que sa résolution s'envolait en fumée. L'échange aurait lieu. Cela ne soulevait que deux questions : comment ? Et quel en serait le coût ?

Elle n'avait jamais eu de difficulté à ne pas s'investir émotionnellement, avant. Après avoir été abandonnée par ses parents – l'essence même de ce qu'était « avoir le cœur brisé » –, c'était devenu une seconde nature, chez elle, de ne pas impliquer de sentiments dans ses relations. À quoi aurait-il rimé de mettre son cœur dans la balance puisqu'elle pouvait se retrouver seule du jour au lendemain, abandonnée ? Il aurait fallu être masochiste pour se lancer dans une relation quand on savait à quel point ça faisait mal d'aimer sans être payée de retour.

Rowan avait été l'exception. Quel que fût l'être bienveillant qui les avait réunies dans le même logement universitaire, il avait été son sauveur. Livia ne s'était pas *autorisée* à aimer Rowan, c'était arrivé, tout simplement. Cela s'était fait peu à peu, sans qu'elle réalise qu'elle aurait dû se prémunir contre cela. Il ne lui était jamais venu à l'esprit que Rowan pourrait lui briser le cœur jusqu'au moment où celle-ci était tombée amoureuse de Jonathan. Oh ! elle était contente qu'ils soient heureux, bien sûr. Mais avant, Rowan était toute *à elle*. Elle était la personne sur laquelle elle comptait le plus depuis le départ de ses parents. Et maintenant ? Rowan avait promis que rien ne changerait. Mais comment cela pouvait-il être vrai ? Jonathan passerait en premier pour son amie, désormais. Liv savait qu'il était égoïste de le penser, mais elle ne pouvait pas s'en empêcher.

Adam ramena derrière son oreille une mèche de cheveux vagabonde et lui octroya un sourire.

— Je ne crois pas que ton cœur soit en jeu, dit-il en lui enveloppant la joue de sa main. S'il te plaît, dis-moi que tu reconsidères ça et que tu vas nous sauver de nous-mêmes.

Mentalement, elle se donna une gifle. C'était d'Adam qu'il s'agissait. Il avait signifié on ne peut plus clairement qu'il voulait une relation physique et rien d'autre. Il n'y avait pas d'homme plus sûr pour une aventure. Rien n'était plus honnête que cette relation à venir. Alors, enfin, elle attira son visage vers elle, posa sa bouche sur ses lèvres viriles et s'autorisa à ne plus penser à rien. Elle laissait la réflexion à Adam. Il ne lui donnerait jamais la moindre raison de croire que leur relation allait au-delà de ce qu'elle était. Et cela la maintiendrait à l'abri elle aussi. Il leur suffirait de s'en tenir à des échanges purement sensuels, sans permettre aux sentiments de s'y glisser.

8

Liv s'effondra sur son oreiller, pantelante, en essayant de ne pas penser qu'il serait affreusement gênant de mourir d'un excès de sexe dans un hôtel à l'étranger. Elle coula un regard vers Adam, dont la tête s'était écrasée à côté de la sienne, et qui, haletant et en nage, tentait de recouvrer son souffle.

— J'ai besoin d'air, dit-elle en tirant le drap pour s'en envelopper et gagner le balcon.

Elle tira les rideaux et laissa échapper un hoquet. Elle avait presque oublié qu'elle avait choisi cette chambre pour sa vue. Le faisceau de lumière de la tour Eiffel se déversait maintenant dans la pièce, et elle en suivit la trajectoire jusqu'au lit où Adam était allongé, nullement gêné d'être exposé dans sa nudité maintenant qu'elle avait volé le drap. Il avait ramené un bras derrière sa tête et, même s'ils avaient occupé le lit des heures durant, il avait toujours le regard brûlant.

— Je suis affamée, dit-elle.

Il eut un sourire suffisant, et elle leva les yeux au ciel.

— De nourriture, précisa-t-elle en lui flanquant une tape sur le torse. Ne sois pas si prévisible ! J'ai besoin de manger.

— On se fait livrer ? demanda-t-il.

— Je ne te fais pas confiance pour rester raisonnable,

dit-elle en allant dénicher un peignoir dans la salle de bains et en le lui lançant. Habille-toi donc un peu. Je t'emmène dîner.

Et elle retourna dans la salle de bains pour passer sous la douche.

Adam s'attarda sous la douche, laissant le jet frais chasser la senteur de Livia attachée à son corps.

Il était vain de remettre en cause après coup leur décision de coucher ensemble. Une expérience très différente des ébats précédents. Et il n'avait pas à s'inquiéter de s'impliquer un peu trop. Elle avait signifié on ne peut plus clairement qu'elle n'avait pas plus d'intérêt que lui pour l'engagement. Quant au dîner, ce n'était pas comme s'ils sortaient ensemble. Elle avait raison, ils avaient besoin de se restaurer, et cela ne se ferait probablement pas s'ils restaient dans la suite.

Il achevait d'enfiler son T-shirt quand il revint dans le salon. Elle avait mis un jean, des tennis, et un T-shirt blanc noué à la taille qui révélait un carré de peau. Ses cheveux encore humides étaient coiffés en queue-de-cheval, son visage exempt de tout maquillage. Son regard viril s'attarda sur les taches de rousseur saupoudrées sur ses pommettes, l'arête de son nez... Cela lui donnait envie de l'entraîner encore au lit, de la posséder encore et encore...

— Prêt ? demanda-t-elle.

Il eut un temps de vacillement, réalisant qu'il s'était laissé distraire.

— Oui, je suis prêt, répondit-il en mettant ses chaussures puis en prenant les clés et son mobile abandonné sur la table.

Ils empruntèrent l'escalier plutôt que l'ascenseur, évitant l'intimité de l'habitacle étroit. Ils n'auraient pas dû avoir à recourir à de tels expédients, maintenant qu'ils avaient décidé de ne plus lutter contre leur attirance. Mais le sexe et l'intimité étaient deux choses différentes. Il était bon qu'ils soient prudents. Les instants euphoriques d'après l'amour étaient les plus dangereux. Il n'aurait été que trop facile de rapprocher leurs mains, d'entrelacer leurs doigts. D'installer un rituel qui brouillerait les frontières.

Ils firent halte devant le restaurant de l'hôtel, en bas, et Adam haussa les sourcils. Le lieu avait une atmosphère particulière avec ses lumières, et depuis le hall on apercevait des nappes blanches, des bougies scintillant sur des verres en cristal. L'image même du romantisme parisien. Il risqua un regard vers Liv, qui semblait avoir changé de couleur.

— On sort trouver un autre endroit ? suggéra-t-elle.

— Oui !

— Qu'est-ce que tu as ? lui demanda-t-elle. Comment peux-tu être aussi tendu ?

Ils s'engagèrent dans la rue, un large et élégant boulevard, dirigeant leurs pas vers la Seine.

— J'ai les jambes en coton, ajouta-t-elle.

Adam sourit. Liv avait raison. Il était tendu. Ils atteignirent le fleuve et s'arrêtèrent, se penchant par-dessus le parapet pour contempler les flots. Il prit une ou deux inspirations, relâcha les épaules.

— Beaucoup de choses dépendent de ce voyage, dit-il.

Liv acquiesça, et il pensa qu'il s'en tirerait avec ces paroles évasives.

— Donc, tu ne flippes pas parce que nous nous baladons dans l'une des villes les plus romantiques du monde juste après avoir fait l'amour ? Et tu ne te demandes pas comment tu vas bien pouvoir te sortir de là sans briser mon pauvre petit cœur de femme ?

Adam éclata de rire, se détournant du fleuve pour regarder Livia.

— Je crois que je m'inquiète plutôt, en ce moment, de l'acuité avec laquelle tu lis en moi comme dans un livre ouvert.

— Eh bien, cesse de t'inquiéter. Et de prendre cet air morose. Ça me donne envie de t'embrasser pour le faire disparaître, et mon petit cœur de femme a encore très faim.

— C'est bon, c'est bon, dit-il en s'écartant du parapet et en la prenant par la main.

Ils avaient presque rejoint le bar au coin du boulevard quand il prit conscience de ce qu'il venait de faire. Ce n'était qu'un geste désinvolte, bien sûr, juste pour qu'ils prennent la même direction. Il résista au désir de serrer les doigts, car cela ne ferait qu'attirer l'attention de Liv, lui donner à penser qu'il y attachait de l'importance.

Quand ils atteignirent le café – bruyant et animé, pas romantique pour deux sous –, il lui relâcha la main et la devança pour ouvrir la porte. Ils s'installèrent au bar, sur des tabourets, et Liv passa en revue la carte des vins avant de commander un verre. Adam demanda une bière, et ils choisirent un plat. On pouvait manger au bar, ce qui n'avait rien de romantique.

— C'est tout pour ce soir ? demanda Liv alors que la musique d'ambiance s'apaisait.

Leurs plats avaient été débarrassés, leurs verres de nouveau remplis. L'atmosphère prenait une couleur plus intime, et Adam semblait prêt à déguerpir.

C'était adorable, pensa-t-elle, de le voir si effrayé. Comme si les sentiments, s'il n'y prenait garde, allaient l'assaillir par surprise et le mordre. S'il relâchait une seconde sa vigilance.

— Il est temps d'y aller, suggéra-t-elle.

Il bondit littéralement de son siège.

— Oui, si tu veux, dit-il comme s'il venait seulement d'y penser au lieu d'avoir passé les dix dernières minutes à fixer la sortie.

— Tu es nerveux, commenta-t-elle tandis qu'ils retournaient à l'hôtel. Ça me donne des complexes.

— Tu n'y es pour rien, dit Adam. Je ne suis pas très fort pour faire la conversation, en général. Je me sens... mal à l'aise, reprit-il. Je ne m'attendais pas à ça. Et dans ma vie, les choses inattendues et perturbantes n'ont jamais rien donné de bon. C'est comme si j'ignorais ce qui m'attend au coin de la rue... Je ne sais pas d'où ça vient.

Livia lui donna une très légère bourrade.

— Tu ne dois pas te sentir mal à l'aise. Tu n'as qu'à me demander ce qui se passe, si tu as le sentiment de l'ignorer.

Il lui adressa un faible sourire.

— Je sais. Et tu m'as déjà dit ce que tu veux. Ce n'est pas de ça qu'il s'agit.

— De quoi, alors ?

— Je n'en sais rien. Je ne suis pas habitué à ce genre de sensation. Comme si... j'avais besoin de toi.

Livia fronça les sourcils pendant qu'ils avançaient, essayant de son mieux de comprendre.

— Et c'est une mauvaise chose d'avoir besoin de quelqu'un ? demanda-t-elle. Mets de côté le fait qu'il s'agit de moi, pour le moment. Discutons théoriquement.

Adam hocha la tête.

— C'est un problème d'avoir besoin de *quoi que ce soit* quand on ne peut pas être sûr de l'obtenir, expliqua-t-il. Nous, moi, tout le monde, nous avons tous déjà assez de besoins : avoir de quoi manger, un lieu où dormir, avoir chaud. De l'espoir – une porte de sortie et un plan pour obtenir tout cela.

Liv commençait à comprendre, et son cœur se serra à la pensée de tout ce qu'il avait souffert. Elle ne pouvait pas lui en faire part, bien sûr.

— Et avoir quelqu'un dont prendre soin ? demanda-t-elle. Et qui prenne soin de toi ?

— Je l'ai. J'ai ma mère. Quoi qu'il ait pu arriver dans ma vie, elle a toujours été là. Elle me porte un amour inconditionnel, parce qu'elle a vécu ça. Elle a tout vu. Je ne peux pas attendre la même chose de quelqu'un d'autre. Je ne peux pas me permettre de vouloir ce qui est hors de mon contrôle.

Cela expliquait pourquoi il était si nerveux à l'idée d'être lié à elle. C'était une chance pour lui, pour eux, qu'ils soient tous les deux aussi traumatisés l'un que l'autre. Ce simple fait – qu'ils avaient été irréparablement abîmés par la vie – permettrait que ça marche, qu'ils s'en sortent.

— Et moi, j'évite l'intimité parce que les personnes censées me porter un amour inconditionnel ne l'éprouvaient pas, dit-elle. On fait la paire.

Elle se força à sourire, car que faire d'autre ?

— Deux éclopés, approuva Adam.

— Eh bien, c'est peut-être une bonne chose, dit Liv, songeuse. Deux personnes aussi mal en point peuvent sûrement avoir une brève liaison sans que ça prenne un tour plus sérieux.

Adam hocha la tête, et elle eut la sensation d'un relâchement intérieur, réalisant qu'une part d'elle-même avait eu très peur qu'il mette fin à l'aventure.

— Si je vois que tu t'attaches si peu que ce soit, je te promets de me débarrasser de toi, dit-il.

Elle rit, mais ce rire sonnait un peu contraint.

— Tu veux rentrer directement ou faire une balade ? s'enquit-il, changeant de sujet. Nous avons à peine visité la ville. Ce serait dommage de rentrer à Londres en n'ayant vu que l'intérieur d'un hôtel.

— Oh ! ça se discute. Je crois que je vais garder un très bon souvenir de cet hôtel-là, dit-elle.

Adam sourit jusqu'aux oreilles, et elle ne put s'empêcher de sourire en retour.

— Crois-tu qu'on puisse se retrouver en mauvaise posture, si notre option la moins risquée est une promenade au clair de lune à Paris ? demanda Liv alors qu'ils atteignaient la tour Eiffel.

Elle vint au plus près de la tour, renversa la tête pour mieux en admirer les détails. Autour d'elle, il n'y avait quasiment que des couples qui se tenaient par la main, ou prenaient un selfie en amoureux. Elle implora le destin de ne pas mettre sur leur route un amoureux transi faisant sa demande en mariage genou à terre, soulignant ainsi le caractère romantique de la ville. Le ciel fut miséricordieux, et les autres couples s'égaillèrent au loin, la laissant seule avec Adam.

— Tu es quelqu'un de bien, lâcha-t-elle dans un moment de silence perturbant.

Puis elle se tourna vers lui, mortifiée par ce qu'elle venait de dire. Il regardait droit devant lui, et seule la crispation de sa mâchoire révélait qu'il avait entendu. Elle voyait que ses propos le rendaient nerveux, comme si elle voulait le forcer à avoir des sentiments. Elle dissimula un sourire.

— C'était juste pour parler. Tu es plutôt sympa et, si tu rencontrais une femme moins traumatisée que moi, tu ferais sans doute un… Enfin tu vois. Un type bien.

Il la lorgna, toujours perturbé.

— Bon sang, arrête de me regarder comme si j'allais te tendre un piège ou je ne sais quoi ! On rentre à l'hôtel et on fait l'amour, c'est ça ?

Il sourit, envahi de soulagement.

— Pourquoi pas ?

Ils s'éloignèrent de la tour côte à côte et, quand Adam passa le bras autour des épaules de Livia, le geste était amical, et non inquiétant. Une fois à l'hôtel, ce fut très amical aussi lorsqu'elle se retrouva emprisonnée entre ses bras, ses mains viriles prenant appui de chaque côté de sa tête, une cuisse puissante logée entre ses jambes. Et elle sut qu'il la provoquait, attendant qu'elle craque et se donne à lui...

Adam la souleva pour l'emporter dans la chambre, et ils ne se donnèrent pas la peine de tirer les rideaux. Alors, lorsqu'il promena sa bouche virile sur la sienne en adoptant le rythme de son corps, les lumières des voitures qui passaient en contrebas se réfléchirent sur ses épaules nues. Quand elle tourna la tête vers la fenêtre, incapable de supporter la douceur de son expression, elle put suivre le faisceau de lumière de la tour qu'ils avaient approchée une ou deux heures plus tôt, où elle lui avait dit qu'il était quelqu'un de bien, sans réaliser le danger. Elle savait maintenant qu'elle s'était trompée, il n'était pas seulement « sympa ». Il était d'une tendresse bouleversante. Gentil, maintenant qu'elle ne le contraignait pas à lutter contre elle pour chaque concession à obtenir.

Il était trop tard pour qu'elle se protège, maintenant. Leurs regards se croisèrent, et elle perçut l'écho de ses propres sentiments dans son corps viril alors que quelque chose d'ineffable passait entre eux, se fichait dans son cœur et le liait à elle.

C'était pour cette raison qu'elle avait résisté, avant. Qu'elle avait toujours pris le contrôle, pris ce qu'elle voulait. Quand c'était elle qui menait la danse, elle pouvait être sûre qu'on ne lui demanderait pas plus qu'elle ne pouvait donner. Donc elle l'avait acculé contre le mur et embrassé comme une perdue pour s'étourdir, la première fois. Car c'était plus sûr. Plus sûr que de sentir un changement dans son cœur, et de savoir que ce qu'on faisait ne pouvait être défait. De savoir qu'on voulait plus encore, et qu'on ne pourrait pas s'empêcher de le prendre.

Avec un autre, elle aurait fermé les yeux très fort. Elle aurait lancé une plaisanterie et renversé son partenaire sur le dos pour reprendre le contrôle. Mais lorsque les grands yeux bruns d'Adam rencontrèrent les siens, avec un air tout aussi surpris et effrayé qu'elle, elle fut incapable de lui jouer ce tour. Incapable de le laisser se débattre seul avec ce qu'il ressentait. Alors, elle appuya plus fortement sa joue contre la paume qui l'enveloppait, le serra étroitement contre elle, une main sur sa nuque, l'autre au creux de ses reins, annihilant tout espace entre elle et lui.

Elle persista pendant plusieurs minutes alors qu'Adam haletait au creux de son cou, devinant qu'il devait être aussi secoué qu'elle, et que si elle rompait l'étreinte, parlait, le regardait dans les yeux cela deviendrait réel. Et si c'était réel, il lui faudrait prendre la fuite.

9

Ils avaient oublié de tirer les rideaux, pensa Adam avec un lent sourire, tandis que le soleil matinal faisait virer au rose la lumière qui traversait ses paupières. Sans la clarté du jour qui l'avait réveillé, ils auraient pu faire comme si la nuit n'était pas encore finie.

Il étendit le bras en travers du lit et éprouva un élan de panique en constatant que Liv n'était plus là. Il se redressa en sursaut, souleva les draps comme s'ils avaient pu la dissimuler. Il se força à respirer régulièrement pour apaiser les battements de son cœur. *Du calme.* Il n'y avait rien d'anormal, leur relation n'impliquerait jamais de faire la grasse matinée au lit. Rien ne justifiait qu'il ait éprouvé autre chose qu'un vague étonnement, en réalisant qu'il était seul. C'était pourquoi sa réaction lui faisait si peur. Car, entre le retour à l'hôtel, la veille, et le réveil de ce matin, quelque chose s'était modifié en lui, et son corps, à présent, ne se contentait pas d'aimer être proche de celui de Livia. Il s'attendait à le savoir là. Il en avait besoin.

Il aurait dû lui être reconnaissant d'être absente – d'avoir la possibilité de constater ce qui se passait et d'y mettre le holà. Si c'était nécessaire, au demeurant. Car Liv n'était pas là. Cela n'indiquait-il pas qu'elle avait déjà éprouvé le choc qu'il ressentait en ce moment et avait fait ce qu'il fallait pour eux deux ? Pris la poudre d'escampette ?

Il aurait dû en éprouver de la reconnaissance mais, au lieu de ça, il se sentait vaguement irrité, désolé de perdre cette matinée avant d'avoir eu à affronter la réalité et de mettre de la distance entre eux. D'ailleurs, où était Liv ? La suite était spacieuse, mais pas au point qu'une personne puisse s'y égarer ! Et il était dans sa chambre à elle. Était-elle partie juste après qu'il s'était endormi, incapable de supporter de partager le même lit que lui ? Si c'était le cas, il n'arrivait pas à décider s'il était plus contrarié que content qu'elle l'ait imité, car d'habitude c'était lui qui filait à l'anglaise.

Il s'enveloppa entre les draps, et chercha ses vêtements. Il repéra son boxer abandonné du côté de la coiffeuse, l'enfila. Un bref coup d'œil dans la salle de bains lui confirma que Livia n'était pas sous la douche. Alors, après une profonde inspiration, il ouvrit la porte donnant sur l'espace de vie. Elle était attablée dans le coin repas, un croissant à la main, encadrée de documents et de son ordinateur portable.

— Salut, bel endormi ! dit-elle avec le sourire d'une femme sincèrement heureuse de le voir, jusqu'au moment où elle tempéra ce sourire, le rendit plus prudent et poli.

— Il y a longtemps que tu es levée ? demanda-t-il.

Il nota que la cafetière posée à côté d'elle était vide.

— J'avais une faim de loup, dit Livia sans le regarder, les yeux sur son écran.

Il lutta contre l'envie de lui tourner le visage et de la forcer à rencontrer son regard. Il ne comprenait pas ce qui l'avait pris, ce matin. Il était soulagé qu'elle semble plus sûre d'elle que lui. C'était peut-être parce qu'elle avait déjà sa dose de caféine. Il se sentirait de nouveau lui-même après un petit noir.

— Il y a de quoi manger, dit-elle, désignant les plats

recouverts de cloches argentées. Mais j'ai vidé la cafetière. Va prendre ta douche, je vais commander encore du café.

Adam gagna sa propre chambre en se contentant de grommeler en guise de réponse – c'était moins risqué que de parler – puis réalisa un peu tard qu'il était encore en boxer. Mais c'était sans importance, supposa-t-il, puisqu'elle ne levait pas les yeux et n'entérinait pas sa présence. Il en était blessé, pourtant, sentiment qui lui était encore inconnu la veille au soir.

Livia se frotta les yeux avant de les lever vers la porte qu'Adam venait de fermer avec un peu plus de vigueur que nécessaire. C'était peut-être dû à un courant d'air ? Même si elle n'avait ouvert aucune fenêtre, ni la porte-fenêtre du balcon.

Il fallait supposer qu'il lui en voulait pour quelque raison. Avait-il deviné les sentiments qu'elle n'avait pas pu combattre, la nuit dernière ? Il ne pouvait pas les connaître, tout de même ? Elle était sûre qu'il ignorait qu'elle l'avait contemplé dans la semi-pénombre du matin, captivée par le dessin de ses sourcils, les fines lignes qui encadraient sa bouche, l'ombre de barbe sur son menton. Elle l'avait contemplé alors que le soleil commençait à poindre à l'horizon, derrière lui, jusqu'à ce qu'il émette un soupir, s'étire et se retourne vers la fenêtre, et qu'elle se glisse alors hors du lit, le cœur affolé, terrifiée à l'idée d'être surprise à le regarder comme si... elle tenait à lui.

À l'idée qu'il allait savoir ce qu'elle avait éprouvé pour lui, fût-ce pour un court moment, avant qu'elle étouffe ces sentiments dangereusement tentateurs.

Elle allait tout bonnement se concentrer sur son travail,

décida-t-elle. Elle avait un rendez-vous important avec Claude Gaspard, et elle n'allait pas se laisser distraire par un homme pour la seule raison qu'elle avait accepté d'être embrassée et caressée avec douceur, pour changer.

Pour changer. C'était pour ça qu'elle avait une sensation légèrement différente, ce matin, de ce qu'elle avait ressenti après de précédentes aventures d'une nuit. S'il y avait quelque chose de changé, cela ne signifiait pas qu'il fallait en avoir peur. Alors, pourquoi se sentait-elle si perturbée ? Si tentée d'envoyer promener le boulot et de rejoindre Adam dans sa chambre, sous la douche qu'elle entendait couler ?

Non. Ce rendez-vous devait bien se dérouler. Et il se déroulerait bien. Elle rentrerait à Londres en ayant obtenu une place dans l'agenda chargé de Claude Gaspard et elle triompherait, ayant accompli ce que ni Adam ni personne dans sa famille n'aurait accompli. Elle serait celle qui sauverait Kinley de ses problèmes chroniques de trésorerie. Ce qu'elle voulait, dans la vie, c'était réussir sa carrière. Prouver à sa famille qu'elle avait de la valeur. Qu'elle valait la peine d'être fréquentée.

Ses parents s'en moqueraient. Si cela avait compté, ils ne seraient pas à l'autre bout du monde à présent. Ils se fichaient de Kinley et ils se fichaient d'elle, et cela ne changerait pas, qu'elle réussisse ou non. Il était vraiment pathétique qu'elle veuille faire ses preuves. Elle avait passé la majeure partie de sa vie adulte à tenter de se protéger de l'avis des autres, mais y restait sensible. C'était pour cette raison qu'elle inspirait un grand coup et endossait une armure chaque fois que Jonathan la convoquait dans son bureau, sûre qu'il n'ouvrirait la bouche que pour lui faire part de sa déception. Chaque fois ça n'avait pas lieu – il la remerciait pour son travail, appréciait ses suggestions –, et elle sentait baisser un peu sa garde, entrevoyant que peut-être elle l'avait jugé trop vite. Que tout le monde ne la traiterait pas avec autant de désinvolture que ses parents. Que, peut-être, elle avait été injuste envers son frère aîné pendant toutes ces années.

Elle jeta un coup d'œil sur l'heure, au coin de l'écran, et se mit à rassembler ses documents pour les ranger dans leur dossier et le glisser dans son sac. Elle possédait son sujet. Elle n'avait plus qu'à espérer, maintenant, que Claude Gaspard penserait tout comme elle que leurs deux entreprises s'harmonisaient à la perfection, et qu'il accepterait une collaboration.

Adam sortit de sa chambre en costume, impeccablement coiffé, et elle évita de le regarder directement : il était trop beau pour ça.

Trop beau ? Depuis quand l'était-il à ses yeux ? Le mot paraissait si... lourd de sens. Comme s'il y avait des sentiments entre eux. Dès qu'ils en auraient fini avec l'entretien, elle le rétrograderait au rang d'homme *sexy*. Comme ça, elle pourrait peut-être le regarder de nouveau en face.

— Le temps de ranger ça dans ma mallette, dit-elle, et je serai prête à partir.

— Super, répondit Adam. Si, euh... si tu trouvais mes vêtements...

— Oui, bien sûr, dit-elle, sentant ses joues s'empourprer. Je vais les prendre.

— Merci. Est-ce que... euh... on a besoin de discuter ?

— Pourquoi en aurions-nous besoin ? demanda-t-elle, jouant l'incompréhension. Ce n'était rien, non ?

À cette réponse, il eut l'air à la fois soulagé et K-O. C'était réconfortant de le voir déstabilisé, car elle ressentait la même chose.

— C'est juste. Et quand on rentrera à Londres ?

Livia tenta de ne pas réfléchir à ce qu'elle voulait, à ce qui serait prudent. Elle haussa les épaules, comme si la réponse lui importait peu.

— On peut continuer comme ça si tu veux, dit-elle avec circonspection.

Il hocha la tête, l'air de méditer la chose, apparemment.

— Du moment que personne d'autre ne le sait. Je jongle déjà entre le travail et la famille. Si tout le monde l'ignore, je peux faire comme si ça n'avait pas lieu, et la vie de tous est plus simple.

— Cela n'existe pas en dehors de la chambre. J'ai compris.

Et voici qu'il posait soudain sur elle un regard brûlant.

— Est-ce qu'une suite d'hôtel compte comme une chambre ? demanda-t-il.

Lentement, Liv secoua la tête.

— Non. Nous sommes dans un salon, sans aucun doute possible. Une salle à manger, à la rigueur, dit-elle, jubilant de le voir déçu. Mais si tu me suis pour récupérer tes vêtements, on se retrouvera dans une vraie chambre.

Liv s'affala sur le siège de l'avion avec un soupir las. Elle avait réussi ! Malgré l'attitude catégorique de Claude, sûr de ne pouvoir les incorporer à son planning, elle était parvenue à lui démontrer l'excellence de son projet, le prestige, et l'afflux d'argent que cela leur vaudrait à tous deux s'il parvenait à tenir le calendrier qu'elle avait établi. Et il avait fini par être d'accord. D'accord !

Les yeux clos, elle entendit Adam qui logeait son sac dans le compartiment à bagages, puis s'asseyait à côté d'elle. Béni soit-il d'avoir surclassé leurs réservations ! Elle aurait voyagé en classe économique sans se plaindre. Mais puisqu'il avait effectué le changement, et qu'elle disposait d'assez d'espace pour réfléchir et savourer sa victoire, elle ne pouvait pas lui en vouloir !

— Nous devrions fêter ça au champagne, dit Adam.

Elle se tourna vers lui en souriant.

— Nous ne tarderons pas à faire de toi un véritable aristo.

— Ma foi, nous connaissons tout de même la marche à suivre, nous autres plébéiens. Mais je suis sérieux, tu sais. Nous devrions vraiment arroser ça.

— Je sais comment j'ai envie de fêter ça, et ce n'est pas avec du champagne !

Elle eut un large sourire et regarda autour d'elle.

— Ici ? Ce n'est pas un peu trop… public pour toi ?

Liv rougit.

— Je crois pouvoir tenir jusqu'à Londres. Tu n'es pas si irrésistible que ça.

— À Londres, tu vis en famille. Que nous tenons dans le secret. Comment cela pourra-t-il marcher ?

Elle le regarda d'un air rembruni.

— Je n'avais pas pensé à ça. Je crois que tu dois trouver un logement, et vite.

— Je n'en disconviens pas. Mais ton frère n'aura-t-il pas des soupçons, si je décide soudain de partir ?

— Je me montrerai vraiment méchante avec toi. Pour rendre crédible ton départ.

Adam se tourna vers elle en riant.

— Maintenant que tu es gentille avec moi, je crois que j'aime mieux ça.

— Pff ! Je n'ai pas été gentille avec toi.

Il fronça les sourcils, jouant visiblement la comédie.

— La nuit dernière était très agréable. Et ce matin aussi. Si c'est ce que tu appelles « être méchante », alors, oui, nous pouvons nous y prêter devant les autres.

— C'était agréable, concéda Liv. Mais je n'étais pas gentille pour ton bénéfice personnel. C'était uniquement pour mon plaisir.

— Ah, vraiment ? Même quand tu... ?

Liv lui plaqua une main sur la bouche pour le faire taire, et jeta un coup d'œil alentour afin de s'assurer que personne n'écoutait. Quand elle rencontra de nouveau le regard d'Adam, il débordait d'espièglerie et, au moment où elle retirait sa main, il lui mordilla un doigt. Puis il lui prit le poignet et y déposa un baiser.

— Nous trouverons un moyen, assura-t-il. Nous pouvons agir en cachette. Ce sera amusant.

Elle lui rendit son sourire.

— OK. On se débrouillera.

Tournant la tête pour regarder devant elle, elle la laissa tout de même retomber sur l'épaule d'Adam tandis que l'avion roulait sur la piste. Une fois à Londres, ils devraient dissimuler leur relation. C'était la bonne conduite à tenir, la conduite raisonnable.

Mais tandis qu'ils étaient à trente mille pieds au-dessus du sol, elle pouvait se laisser aller un peu, savourer ça. Après tout, ce qui se passait au-dessus des eaux internationales ne comptait pas ! pensa-t-elle, sourire aux lèvres. Elle s'accorda donc un petit plaisir qu'elle tendait pourtant à rejeter en général. Elle glissa la main dans celle d'Adam, doigts entrelacés, et s'abandonna contre lui pour rattraper un peu le sommeil perdu. Pour Dieu sait quelle raison – ce n'était pas à cause de leurs longs ébats répétés de la nuit écoulée, tout de même –, elle se sentait totalement épuisée. Elle ne protesta même pas quand Adam appuya la joue contre son front et déposa un doux baiser sur ses cheveux.

Mais quand elle s'éveilla, toujours chaudement et

agréablement blottie contre Adam, elle sut que la parenthèse devait prendre fin. Elle se redressa et s'étira alors que l'avion touchait terre. Adam se réveilla à son tour, à côté d'elle. Elle réprima un sourire satisfait.

Liv déverrouilla la porte de la demeure, et Adam et elle échangèrent des regards de conspirateurs avant qu'elle ne pousse le battant. Un visage de marbre était de rigueur. Elle ne voulait surtout pas que son frère aîné sache ce qui se passait entre elle et Adam. Si d'autres personnes étaient au courant, elle serait peut-être amenée à regarder les choses en face, et dans ce cas elle serait beaucoup moins à l'aise.

— Est-ce que ça va ? lui demanda Adam.

Liv afficha un sourire factice et poussa la porte.

— Oui, bien sûr. Pourquoi ça n'irait pas ?

Elle pensait avoir lâché ça avec la nonchalance voulue, mais en jetant un coup d'œil vers Adam elle n'en fut pas si sûre. Elle s'engagea dans le couloir, frappée par le silence, seulement troué par le bruit de ses talons sur le marbre du carrelage en damier du vestibule.

— Il y a quelqu'un ? lança-t-elle.

L'apostrophe fut accueillie par un silence.

— Maison déserte, observa Adam d'une voix neutre.

— Ce n'est pas le moment de te faire des idées, lui dit Liv – et il leva les mains comme pour protester de son innocence. Je dois aller au bureau pour apprendre à Jonathan qu'on a le feu vert de Claude, et prévenir l'équipe qu'on travaillera en fonction de la date butoir la plus proche envisagée dans nos prévisions.

Adam hocha la tête.

— Je dépose nos bagages là-haut pendant que tu amènes la voiture. On partira ensemble.

Deux heures plus tard, Liv avait mis Jonathan au courant, et pris rendez-vous avec son équipe pour l'avertir que leur planning était désormais extrêmement serré. Puis elle s'était attaquée au programme, remplissant vite plusieurs pages sur ce qu'ils auraient à faire pour lancer le parfum au meilleur moment. Elle considéra la page de son logiciel de gestion de projet affichée sur l'écran, remaniant les tâches, les équipes, les différents livrables, jusqu'à ce que l'ultime tâche soit attribuée et que tout se tienne.

Elle se demandait si elle n'avait pas commis une énorme erreur en avançant d'un an leur programme total, lorsqu'on frappa à sa porte. En levant les yeux, elle vit sur le seuil Adam, que les néons, derrière lui, plaçaient en léger contre-jour. Il faisait donc déjà nuit ?

Il s'avança dans le bureau et alluma.

— Il est tard, dit-il. Tu rentres à la maison, ce soir ?

Elle s'étira dans un soupir.

— J'ai une tonne de choses à faire.

— Dont tu ne pourras jamais venir à bout cette nuit. Cela peut attendre demain. Tu as à peine dormi, ces derniers jours.

— À qui la faute ? marmonna Liv.

— Pardon, tu disais ? fit Adam – et elle lui décocha un regard noir parce qu'il l'avait parfaitement entendue.

— OK, c'est bon. Je rentre à la maison et bosserai là-bas si tu arrêtes de m'embêter. Jonathan vient avec nous ?

— Il est parti il y a une heure.

— Job à temps partiel, hein ? Depuis qu'il est avec Rowan, il équilibre travail et vie privée. Je me demande ce qui lui arrive.

— Tu es jalouse, on dirait.

— J'aime Rowan, mais pas de cette façon-là, biaisa Liv.

Elle débrancha son ordinateur et le flanqua dans son sac, ainsi que son mobile et un gobelet de voyage.

— Tu sais très bien ce que je veux dire !

— Si je voulais équilibrer vie et travail, je le ferais. Je préfère le rythme boulot-boulot.

Adam se rapprocha d'un pas ou deux, et la considéra d'un air trop perspicace pour qu'elle ne soit pas mal à l'aise.

— Tu as remarqué que Jonathan est plus heureux, observa-t-il. Es-tu sûre que tu ne désires pas quelque chose d'équivalent pour toi aussi ?

Liv frissonna. Ce n'était pas comme si elle avait réellement son mot à dire. Même si elle décidait qu'elle voulait ce que Rowan et Jonathan avaient, elle ne pouvait pas l'obtenir. On l'avait déjà abandonnée une fois, et ça ne la tentait pas du tout d'accorder à quelqu'un l'occasion d'une récidive.

— Ma vie me plaît telle qu'elle est, répliqua-t-elle vivement. Je n'apprécie pas qu'on me dise que je suis incapable de savoir ce que je veux. Si tu t'es mis en tête de vouloir autre chose, désolée, mais tu...

Adam l'arrêta en plaçant une main sur le bas de son visage, le faisant pivoter vers lui.

— Hé ! Tu perds les pédales, là, dit-il gentiment. Je veux ce que nous avons, comme on l'a décidé. Rien d'autre.

— Tant mieux, dit-elle en coulant un regard vers le seuil avant de l'embrasser. Et ça ne veut pas dire que je t'accorde un droit de regard sur ma vie, d'accord ? Et ne me prends pas pour une garce. Je veux seulement t'indiquer les limites à ne pas franchir avec moi.

— J'ai compris. Bon, on rentre à la maison ?

Je n'aurais pas dû utiliser le mot maison, pensa Adam. Il n'était pas chez lui dans la maison de Liv. Ce n'était qu'une façon de parler. Il ne pourrait jamais vivre dans un endroit aussi... extravagant. Il avait habité dans une foule de lieux différents, et le seul endroit ressemblant à cette demeure avait été divisé en plusieurs deux pièces des décennies plus tôt. Ici, il n'était pas à sa place. Liv avait raison, il devait trouver un autre point de chute. Cette pensée réveilla en lui une peur enfouie, et il prit quelques inspirations profondes pour se calmer, se rappelant qu'il avait ce soir un toit au-dessus de la tête et assez d'argent en banque pour ne plus jamais, au grand jamais, dormir à la dure.

Il jeta un coup d'œil sur la porte de la salle de bains, qui communiquait avec la chambre de Liv. Pour chasser les mauvais souvenirs, il y avait de pires recours que d'en bâtir de nouveaux. Ils avaient juré de garder le secret, juré que la famille de Liv et son amie ne découvriraient pas qu'ils couchaient ensemble. Mais ils pouvaient opter pour la prudence. La discrétion. Le silence régnait dans la maison depuis leur arrivée. Les autres étaient sortis ou déjà couchés. Point n'était besoin de trop réfléchir. Il poussa la porte.

Il gratta discrètement à celle de Liv, qui s'ouvrit devant lui avant qu'il ait le temps de se raviser. La jeune femme portait une nuisette qui effleurait le haut de ses cuisses et dont une bretelle avait glissé. Il serra les poings pour s'empêcher de la toucher.

— Salut, murmura-t-elle, sans pour autant lui livrer passage.

— Salut.

Il mit les mains dans ses poches et s'adossa au chambranle.

— Tu veux entrer ? demanda-t-elle.

C'étaient les mots qu'il désirait entendre. Mais quelque chose n'allait pas, et il ignorait quoi.

— Est-ce ce que tu veux ? s'enquit-il.

— Oui, dit-elle en haussant les épaules. Je te veux. J'ai envie de faire l'amour avec toi. Mais ici, ça ne fait pas le même effet. C'est bizarre.

Elle s'appuya aussi au montant de la porte, et il supposa qu'ils auraient cette conversation ainsi, « entre deux portes » pour ainsi dire.

— Tu n'amènes pas d'hommes chez toi ? demanda-t-il.

De nouveau, elle haussa les épaules.

— Bien sûr que si. Je ne sais pas pourquoi je flippe, tout à coup.

Il sourit, indulgent, puis se ressaisit. S'écartant du chambranle, il lui prit le visage à deux mains. Parce qu'il savait pourquoi elle se sentait bizarre.

— Tu es épuisée, chérie, dit-il, ramenant derrière son oreille une mèche rebelle, puis la faisant pivoter et la guidant vers le lit d'une main sur l'épaule.

Adam rabattit le duvet, et Liv se mit au lit avec un murmure de contentement. Il se pencha pour l'embrasser sur la joue. Elle le retint en l'agrippant par la nuque avant qu'il lui échappe.

— Où vas-tu ?

— Au lit. Dans mon lit. Tu as besoin de dormir.

— Mmm..., dit-elle sans pouvoir contenir un bâillement. Mais reste. J'ai juste besoin d'un petit somme pour récupérer.

Il rit.

— Tu as de la suite dans les idées.

Liv acquiesça en marmonnant, le fit basculer sur le lit en le tirant par l'élastique de son boxer, puis roula sur elle-même et s'endormit aussitôt. Adam hésita. Il n'avait pas envisagé de dormir dans la chambre de Liv. Autant vouloir se faire surprendre ! Mais Livia l'avait attiré dans son lit. Elle voulait qu'il soit là quand elle se réveillerait pour qu'ils... Il se glissa sous le duvet avant de changer d'avis.

Ce fut en sentant la caresse légère et douce d'une main sur son ventre, sur ses abdominaux relâchés par l'abandon du sommeil, qu'il se réveilla. Il sourit alors que Liv l'enlaçait par-derrière, écrasait la bouche sur son épaule.

— J'ai dormi, murmura-t-elle contre sa peau, dans le noir. Je me sens beaucoup mieux, maintenant. Pas bizarre du tout.

Adam s'esclaffa doucement.

— Je m'en rends compte.

— Tu es *réveillé* ?

Il rit, se retourna et la serra contre lui.

— Là, oui. Tu n'es pas très subtile, tu t'en rends compte ? lui chuchota-t-il à l'oreille.

— Tant mieux. Ce n'est pas en étant subtile que j'obtiens ce que je veux.

Il la chevaucha, et elle laissa échapper un cri de surprise. Il lui imposa silence en posant le bout de ses doigts sur ses lèvres, et tous deux, regard tourné vers la porte, retinrent leur souffle, attendant de voir s'ils s'étaient trahis. Mais comme rien ne venait rompre le silence en dehors de leurs souffles, Adam se détendit.

— Peux-tu rester discrète ? demanda-t-il à Liv, dans la pénombre.

Il perçut, plus qu'il ne vit, son hochement de tête. Glissant une main le long de son corps, il trouva l'ourlet de la nuisette, dont la vision l'avait tenu éveillé bien après que sa compagne s'était endormie. Elle eut un soupir entrecoupé, mais n'émit pas un son lorsqu'il glissa les doigts sous le tissu, explorateurs furtifs de sa peau douce. Il les retira lorsqu'il la vit se mordre la lèvre inférieure. Elle se cambra vers lui en signe de protestation. Alors il se souleva sur les coudes, la délestant de son poids. Quand elle s'affala de nouveau sur le matelas, il ramena son corps sur elle.

Il savait ce qu'elle voulait. Elle voulait une étreinte rapide pour ne pas avoir à penser à ce qu'elle faisait. Elle voulait être emportée par quelque chose qui la dépassait.

Il voulait, lui, qu'elle soit bien là.

Il voulait qu'elle sente chaque baiser sur sa peau, et n'accepterait rien de moins qu'une vraie présence de sa part.

Elle se laissa caresser en douceur, et ses doigts aussi partirent en exploration. Sur les renflements de ses pectoraux, le long de sa colonne vertébrale, du cou vers le bas, lentement... Quand elle atteignit le creux de ses reins, elle le pressa de nouveau contre elle, mais sans exigence, et il lutta pour se maîtriser.

— Est-ce que ça va ? lui demanda-t-elle en lui enveloppant les fesses avec ses paumes.

Il l'embrassa au coin des lèvres, puis à pleine bouche, langues mêlées – un manège à présent familier où chacun savait comment arracher à l'autre un soupir étranglé ou un gémissement...

Liv gardait les yeux ouverts, vrillés dans les siens, et c'était si intime qu'il en eut le souffle coupé. Il avait exigé ça d'elle sans vraiment réaliser à quel point cela le mettrait à nu.

Pouvait-elle voir qu'il avait le besoin fou d'un tel échange ? se demanda-t-il après coup, tandis qu'ils recouvraient tous deux leur souffle, sans se regarder. Savait-elle qu'il désirait éperdument ce contact, comme s'il ne se sentait vraiment lui-même qu'en pressant son corps viril contre le sien ? Son esprit buta contre cette idée. Il ne croyait pas vraiment cela, n'est-ce pas ?

Un peu plus tôt, Liv avait parlé de limites. C'était de ça qu'il avait besoin à présent, réalisa-t-il. Il s'écarta d'elle, se libérant à demi d'entre ses bras.

— Je devrais..., commença-t-il, le regard brièvement posé sur la porte de communication.

— Euh, oui, bien sûr, dit Liv en dénichant sa nuisette au pied du lit et en la passant par-dessus sa tête, gênée soudain.

— Si jamais je me rendors, je ne tiens pas à être surpris ici.

— Bien sûr que non, dit-elle en se couvrant avec le duvet jusqu'aux aisselles.

Une sensation de vide avait saisi Adam au creux de l'estomac. Il n'avait pas le droit d'être ici. Leurs échanges étaient ponctuels. C'était ce qu'ils voulaient tous les deux – ce dont ils étaient convenus.

Il embrassa Livia sur la joue, pour la forme cette fois.

— On se voit au petit déjeuner. Rendors-toi, tu en as besoin. Bonne nuit, chérie.

10

Liv ferma d'un coup sec la boîte de café tout en étouffant un bâillement. Rien ne justifiait que sa mauvaise humeur persiste pendant trois jours d'affilée. Elle avait eu tout loisir de rattraper son manque de sommeil et de se remettre de son irritation envers Adam parce qu'il n'avait ni passé la nuit avec elle ni même frappé à la porte de communication, depuis l'autre soir. Il n'y avait rien de mal à ça, d'ailleurs. Il avait entièrement raison de ne pas les mettre en danger d'être surpris.

Elle lui avait réservé le même traitement à Paris, d'ailleurs. Elle avait fait pire, en réalité, désertant la chambre avant qu'il se réveille. Alors, pourquoi envoyait-elle valser sa petite cuiller dans l'évier et laissait-elle claquer le couvercle de la poubelle ?

Elle pivota vivement en entendant des pas près du seuil.

— Adam...

Les syllabes, qu'elle avait voulu émettre d'un ton à la fois neutre et amical, jaillirent comme un hoquet de sa bouche. Il jeta un coup d'œil derrière lui pour être sûr de n'avoir pas de témoins.

— Bonjour, lui dit-il avec un sourire ravageur.

Si au moins il venait la prendre dans ses bras, la serrer

contre lui ! Sa mauvaise humeur se serait volatilisée. Mais il aurait agi ainsi en petit ami, et elle ne voulait pas de ça.

— Café ? lui demanda-t-elle.

Il secoua la tête.

— Je vais plutôt préparer du thé. Tu en veux ?

Elle haussa les sourcils, lui montrant sa tasse de café.

— Non, bien sûr, reprit-il. Tu... euh, tu as des projets pour aujourd'hui ?

Il demandait ça parce qu'on était samedi, et la plupart des gens avaient des projets pour le week-end. Pourquoi posait-il cette question ? Pour faire la conversation ? Comme s'ils n'avaient pas mêlé leurs souffles, leurs soupirs ? Mais ils avaient un accord. Elle devait se protéger.

— Il faut que j'aille au bureau. J'ai plein de boulot. Et toi ?

Il haussa les épaules.

— Je travaillerai cet après-midi. Ce matin, je voudrais trouver une salle de sport et prendre un abonnement. Je n'ai pas fait d'exercice depuis mon retour à Londres.

— Oh ! ça sent le laisser-aller ! ironisa-t-elle en levant les yeux au ciel.

Elle se reprit. C'était précisément le genre d'attitude intime qu'elle ne devait pas se permettre là où on pouvait les voir ou les entendre. Adam se contenta de sourire.

— Il y en a une au sous-sol du siège de Kinley, reprit-elle. Jonathan aurait dû t'en parler. Si tu n'as pas envie de perdre ton temps à chercher.

— Oui, ce ne serait pas mal, dit-il. Tu veux qu'on fasse le chemin ensemble ou... ?

— Non, coupa-t-elle. Je suis déjà prête à partir et je ne veux pas te bousculer, alors...

Piètre excuse, ils en avaient tous les deux conscience. Mais pas de souci. Elle n'était pas obligée de lui réserver ses matinées du samedi. S'il attendait ça d'elle, il aurait pu rester avec elle l'autre nuit. Verrouiller la porte de la chambre, puis la lover dans ses bras, en nichant le menton au creux de son épaule.

Il avait choisi de rejoindre son lit vide et froid.

— Bon, d'accord, je te verrai plus tard, alors ? demanda Adam.

— Euh, oui.

Livia versa le café restant dans son gobelet de voyage, puis prit son sac à dos. Elle irait à pied. La distance n'était pas très grande, un kilomètre tout au plus, et le grand air lui ferait du bien.

Elle dévala le perron, contente d'être loin de la maison et de tous les sentiments confus qui l'habitaient ce matin. Elle marcha d'un bon pas en essayant de chasser ses idées noires. Elle n'avait aucune raison d'en vouloir à Adam. Il s'en était tenu aux règles qu'elle avait elle-même édictées, c'est tout. En fait, si elle devait être en colère, c'était contre elle. Elle avait l'étrange sentiment d'avoir été abandonnée. Comme si elle ne lui suffisait pas. Il ne s'agissait pas des manques d'Adam, mais des siens propres. Elle connaissait très bien sa faiblesse : ces petites atteintes parfois vécues comme de violentes attaques.

Elle était plus prudente, en général. Elle savait évaluer le degré d'intimité auquel elle pouvait se prêter sans risquer de rouvrir les vieilles blessures. Elle allait rectifier le tir. Et la prochaine fois qu'elle serait avec Adam, elle saurait se protéger.

Heureusement, sa charge de travail lui changerait les idées. Elle s'y immergerait pendant quelques heures. Refuserait de penser à l'autre nuit. Ou à leur nuit à Paris, et à la chaleur, la paix souveraine qu'elle avait ressenties lorsqu'elle avait dormi lovée contre lui, dans l'avion. Son corps en mourait d'envie alors, réalisa-t-elle. Cette sensation s'était faufilée dans son inconscient, y prenant ses aises, si bien que son cerveau n'y avait vu que du feu. Son corps se sentait insatisfait maintenant, quand il n'était pas en contact avec celui d'Adam.

Elle se força à se concentrer sur le tableur devant elle, essayant de faire parler les chiffres. Même avec l'apport de capital qu'elle-même et Caleb avaient injecté dans l'entreprise, recourant à leurs héritages, le budget était serré, et elle devait veiller au grain. Si elle avait disposé de plus d'argent, elle aurait simplement proposé de payer Claude pour un créneau dans son planning. Au lieu de ça, elle avait dû se rendre à Paris pour une offensive de charme. Et ce n'était que l'un des éléments de sa longue liste de choses à accomplir. Les décisions à prendre concernaient la production, le packaging, l'envoi à travers le monde. Une campagne publicitaire, via la presse, le Net, les réseaux sociaux et...

Livia se massa les tempes. Il y avait du boulot, mais rien d'insurmontable. Elle avait déjà géré des lancements de projet des dizaines de fois. Mais ils ne l'avaient jamais touchée de si près. Tous les compartiments de sa vie s'étaient imbriqués au cours des derniers mois. Vivre et travailler en famille, sa meilleure amie devenue comme une sœur... Et maintenant, Adam. Elle couchait, travaillait et habitait avec lui, ce qui, examiné à la froide lumière d'un samedi matin anglais, paraissait la pire des idées. Tout s'enchevêtrait, et elle n'avait aucun refuge où réfléchir aux erreurs qu'elle avait commises.

Il lui fallait encore une bonne dose de café. Elle prit son gobelet et se dirigea vers la salle de repos du personnel, où elle en préparerait une bonne quantité, de quoi tenir tout l'après-midi. Puis elle envisagerait quelque chose à faire ce soir, pour ne pas avoir à retourner à...

— Oh ! bon sang !

Elle venait de heurter un corps fermement musclé et en sueur, et dut tendre une main en avant pour se stabiliser.

— Adam ? dit-elle, réticente à relâcher son biceps, qui fléchissait légèrement sous ses doigts.

Il avait la peau lisse, des bras et des épaules musclés soulignés par un débardeur de sport. Elle se garda de lever les yeux vers son visage tandis qu'elle redessinait son biceps du bout du doigt. Adam, la main repliée sous son menton, l'amena à relever la tête.

— C'est donc ainsi qu'on s'habille pour aller au travail, de nos jours ! lâcha-t-elle pour rester sur un ton léger.

— On dirait bien que ça te plaît, répliqua-t-il, réprimant mal un sourire satisfait.

Elle consentit enfin à le regarder dans les yeux.

— Ce n'est pas du tout professionnel.

— Suggérerais-tu que j'enlève ça ?

Liv sourit. Ce n'était que du badinage, peut-être, mais rien de plus. Elle se sentit soulagée. Elle s'était tourmentée pour rien. Elle savait comment s'y prendre pour se rassurer : rester sur un terrain sûr.

Elle eut un soupir appuyé, très théâtral.

— Je te suggère de prendre une douche, dit-elle avec un mouvement de recul. Tu ne sens pas bon !

Adam pouffa, et vint plus près d'elle encore.

— Ai-je raison de supposer qu'il ne serait pas professionnel de t'inviter à te joindre à moi ?

Livia but une gorgée de café, le regardant par-dessus le bord de son gobelet.

— Pas du tout professionnel ! confirma-t-elle. Et sur ce plan, je crois que nous avons déjà assez joué avec le feu.

Il hocha la tête.

— Plus tard, alors ? À la maison ?

Comme elle ne répondait pas tout de suite, elle vit poindre une expression de doute sur son visage, et perçut la tension de son corps.

— Ou non, c'est tout aussi bien, évidemment, ajouta-t-il.

— On fera comme on le sent, non ? Voyons ça plus tard.

Voilà qui était mieux. Les relations sans engagement impliquaient de ne rien attendre. S'ils se retrouvaient plus tard cette nuit, super. Cela lui plairait. Mais former des projets donnait aux autres la possibilité de la laisser tomber. Mieux valait rester spontanée dans ses élans. Sauf que... ce qu'elle venait de dire à Adam ne comptait guère, en réalité, puisqu'elle savait pertinemment qu'elle se faufilerait dans son lit ce soir, s'il voulait d'elle.

— Bon, très bien, dit-il, une main ramenée sur la nuque, révélant le triangle de poils de son aisselle et faisant jouer ses muscles d'une manière très troublante. Je te verrai plus tard. Éventuellement.

Liv contracta les doigts, se retenant d'allonger la main vers lui, pour ne pas perdre le terrain acquis.

— Oui, éventuellement, dit-elle.

Elle le regarda s'éloigner dans le couloir, en sirotant son café. Puis, secouant la tête, elle retourna dans son bureau. Elle avait du travail. Elle n'était plus une gamine et, si elle voulait passer son après-midi à rêver d'Adam, autant le faire à la maison. Au lit. Elle était venue ici pour travailler, et ne s'en détournerait pas à cause de lui.

Elle abattit pas mal de travail, jusqu'à se sentir affamée. Elle devina que l'heure du repas était passée. Elle ne pouvait pas risquer qu'Adam vienne la trouver pour l'inviter de nouveau à dîner. Alors, elle envoya un SMS à Rowan, rassembla ses affaires et quitta l'immeuble. Prendre un verre et oublier pendant un moment que sa vie était devenue ultra-compliquée lui ferait du bien.

Plusieurs cocktails plus tard, l'estomac vide, et s'étant retenue cent fois de lâcher quelque chose au sujet d'Adam et elle, Livia était de retour à la maison, passablement pompette, mais rassérénée après avoir passé un si long moment avec sa meilleure amie. Si Rowan avait remarqué que Liv avait contourné certains sujets, elle avait dû supposer que ces blancs dans la conversation se rapportaient à Jonathan plutôt qu'à leur nouvel invité.

Quand Rowan avait commencé à sortir avec Jonathan, les deux amies étaient convenues qu'il ne serait jamais question de lui entre elles. Il n'était donc pas inhabituel que l'une ou l'autre taise son avis sur ce qui le concernait. Ce soir, elles avaient surtout parlé de l'autre frère de Liv, Caleb, qui, l'année précédente, avait tiré d'affaire l'entreprise familiale avec des investissements en cryptomonnaie dont tous ignoraient l'existence. Il avait toujours aimé être seul, ou à son clavier, dont ses mains ne s'écartaient guère. Or il semblait qu'il passait encore plus de temps que de coutume devant son ordinateur.

Rowan avait déjà battu en brèche les habitudes de bourreau de travail d'un frère Kinley, et voulait l'opinion de Liv pour monter une opération sauvetage, forcer Caleb à délaisser son écran pour quelque chose de mieux que de brèves pauses repas.

Liv avait promis d'y réfléchir. À quand remontait la dernière fois qu'elle avait vu Caleb quitter la maison ? Rowan avait peut-être raison. Elle semblait avoir une meilleure idée qu'elle de ce que sa famille avait besoin. Livia eut une bouffée d'affection pour son amie, tandis qu'elle avalait un verre d'eau et se félicitait bel et bien de la gueule de bois carabinée qui l'attendait, sachant qu'elle se sentirait soulagée le lendemain matin.

Et maintenant, Adam, pensa-t-elle avec un large sourire. Elle avait refusé sa proposition, plus tôt dans la journée, pour ne pas être détournée de son après-midi de travail. Pour ne pas faire de projets, même pour une étreinte torride. Mais rien ne l'empêchait de se présenter à sa porte. Ils ne risquaient pas, ni l'un ni l'autre, de se faire une idée fausse de leurs échanges sensuels.

Elle entra dans la salle de bains sur la pointe des pieds, puis soupira de soulagement lorsque la porte d'Adam s'ouvrit sous la poussée de sa main, prenant conscience qu'elle avait craint qu'il ne l'ait verrouillée.

Adam était endormi, et le clair de lune filtrant à travers les stores révélait son dos et ses bras nus. Une main était glissée sous l'oreiller.

— Adam, chuchota-t-elle depuis le seuil, en essayant de prendre une pose lascive.

Elle s'approcha de lui à pas de loup, pour lui faire la surprise, mais faillit lâcher un cri quand un de ses orteils heurta le coin du lit.

— Adam, murmura-t-elle encore.

Maintenant, elle était tout près de lui, et pouvait voir l'arrondi de ses lèvres, douces et relâchées par le sommeil, dont le pli narquois avait disparu.

— Liv ? dit Adam d'une voix ensommeillée, se redressant et repoussant la main qui le bâillonnait. Mais qu'est-ce que tu fabriques ?

Alors qu'elle se penchait de nouveau vers lui, il l'arrêta, mains fermement plantées sur ses hanches.

— Je pense que tu devrais retourner te coucher, lui dit-il d'un air sérieux. As-tu trop bu ?

Adam se redressa en prenant appui sur les mains et la regarda d'un air rembruni.

— Si tu as changé d'avis parce que tu as trop bu, ce n'est pas forcément une bonne idée...

Liv rougit comme un coquelicot et recula.

— Désolée. Je n'aurais pas dû te réveiller. Je n'aurais pas dû venir, dit-elle, serrant un oreiller contre elle alors qu'elle gagnait à reculons la porte de communication.

— Liv, attends, ne te sauve pas, ce n'est pas ça ! assura Adam en se levant à demi, prêt à la suivre.

Mais elle ferma la porte, mortifiée, traversa la salle de bains en toute hâte et rentra dans sa chambre. Elle verrouilla la porte, puis resta plantée devant à la fixer. Quelle catastrophe !

Pas seulement parce qu'il avait décliné son offre. Elle pouvait s'en remettre. Ce n'était pas sa première rebuffade. Ce qui différait, cette fois, c'est que ça lui avait fait mal. Elle n'avait pas eu le sentiment qu'il rejetait sa proposition, mais que c'était à *elle* qu'il disait non. Qu'il la repoussait, et ça l'avait anéantie. Elle ôta sa lingerie, dénicha un T-shirt en coton et un short, puis se coucha en serrant l'oreiller contre elle, très fort. Adam avait réussi à se faire désirer d'elle, au point d'avoir le pouvoir de lui faire mal. Et elle ne pouvait pas le lui pardonner.

11

Adam se réveilla lentement, le lendemain matin, avec l'estomac noué et le sentiment que tout n'allait pas pour le mieux. Il ne regrettait pas d'avoir repoussé Liv, la veille au soir. C'était la seule chose à faire, étant donné les circonstances. Mais il regrettait la souffrance qu'il avait lue sur son visage. Ce n'était pas seulement la déception d'avoir vu ses avances rejetées. Il était sûr qu'elle avait donné à ce refus un tout autre sens, et cela, avant qu'il ait eu la moindre chance de lui dire à quoi il avait passé son après-midi.

Elle aurait sûrement mal à la tête, ce matin. Alors il descendit au rez-de-chaussée et prépara une cafetière de café fort. Elle apparut sur le seuil de la cuisine dix minutes plus tard, ébouriffée, pâle, les yeux cernés. Elle semblait d'humeur exécrable, ce qui ne manquait pas de charme, et il dut se contraindre fortement pour ne pas l'attirer entre ses bras. Pour ne pas lui dire de retourner au lit, et qu'il lui apporterait du café, des sandwichs au bacon et du paracétamol. Mais vu la façon dont les choses en étaient restées, la veille, il ne pouvait pas supposer qu'elle désirait le voir agir de manière aussi... amicale. Non. Ce n'était pas seulement amical. C'était agir en petit ami.

Alors, il ne dit rien et lui versa une tasse de café, résistant à l'envie de lui caresser les cheveux lorsqu'elle posa la tête sur la table.

— C'est aussi dur que ça ? demanda-t-il en s'attablant et en réprimant un petit rire.

— Pire, gémit-elle. Je ne boirai plus jamais une goutte.

— Ah oui ?

Elle grimaça en croisant son regard.

— Je suis tellement gênée, avoua-t-elle en se hâtant de détourner les yeux.

— Il n'y a pas de raison de l'être, dit-il, sachant que ça ne suffirait pas à réparer ce qui avait mal tourné entre eux la nuit dernière. Franchement, Liv, tu n'as pas à être gênée.

Elle grommela, évitant toujours son regard. Alors, il céda à son impulsion et lui effleura doucement les cheveux.

— J'aime que tu m'aies désiré. Tu étais incroyablement sexy et, si tu n'avais pas été éméchée, je ne t'aurais pas laissée sortir de mon lit, d'accord ?

Liv releva la tête.

— Qu'est-ce que tu as fabriqué, la nuit dernière ? C'est injuste que tu aies l'air si… que tu aies bonne mine.

Adam hésita. Ils avaient déjà discuté, il n'avait pas de raison de s'inquiéter. Ce n'était qu'une relation sans attaches. Mais il avait vu l'air profondément blessé de Liv quand il l'avait repoussée, et il ne voulait pas lui faire encore de la peine, même s'il avait de bonnes raisons de le faire. Même si elle était d'accord avec lui pour maintenir de la distance entre eux. Il était plus sûr que jamais que cette cohabitation n'était pas une bonne chose. Il ne s'habituait que trop bien à la situation. Appréciait ce petit déjeuner en mode bougon et gueule de bois plus qu'il ne l'aurait dû. Il ne faudrait pas encore beaucoup de matins tels que celui-ci pour qu'il ait le sentiment que c'était sa vraie vie. Comme s'il avait envie de compter là-dessus – sur Liv, sur sa présence. Pas seulement pour des ébats nocturnes improvisés ou des moments volés au bureau, mais dans tous les jours à venir. Pour un avenir à deux.

Mais il ne pouvait pas s'autoriser à vouloir une chose dont il pourrait être facilement dépossédé. Il ne pouvait pas supporter d'avoir *besoin* de quelque chose. De risquer d'avoir à vivre encore des mois, des années à se demander comment il passerait la journée, bouclerait son travail, alors qu'il ne pensait qu'au moyen d'obtenir ce qu'il voulait. Ce qui lui était nécessaire pour vivre. Il côtoyait Liv depuis deux ou trois semaines et, déjà, elle l'avait terriblement déstabilisé. Il devait agir maintenant, mettre un coup d'arrêt aux choses avant qu'elles ne deviennent irrémédiables.

— Adam ?

— Je, euh… j'ai visité un ou deux appartements – et à ces mots, elle dressa la tête. Mon séjour ici était temporaire, en principe, dit-il, ne sachant pas trop si c'était à elle ou à lui que s'adressait ce rappel.

— Je sais, dit Liv, presque comme si elle portait une accusation.

Elle prit une profonde inspiration, et il vit qu'elle méditait ses paroles avec soin.

— Tu as vu un lieu qui te plaît ?

— Pas encore.

Aucun des endroits qu'il avait visités ne lui avait fait l'effet d'un foyer. Il n'était pas très sûr de ce qu'il cherchait, en réalité. Il savait seulement qu'il ne l'avait pas encore trouvé.

— Je dois en voir d'autres ce matin, ajouta-t-il en espérant qu'il ne commettait pas une erreur. Tu veux venir avec moi ?

— Ça va à l'encontre de notre décision de garder nos distances, non ?

C'était d'une logique imparable. Mais, pensa-t-il, il y avait une différence entre ne pas coucher et ne jamais passer de temps ensemble. Il haussa les épaules, désirant la convaincre comme il s'était convaincu lui-même que cela n'aurait aucune signification particulière.

— C'est une visite d'appartement, rien de plus, avança-t-il hardiment. Mais si tu n'en as pas envie, aucun problème.

— Je n'ai rien de mieux à faire, aujourd'hui. Et je n'aime pas être la cinquième roue du carrosse. Alors, pourquoi pas ? Ta première visite a lieu quand ?

Adam consulta sa montre.

— Dans une heure. Tu auras le temps de te préparer ?

Elle gémit, mais hocha la tête.

— Tu as besoin que je te soutienne sous la douche ? demanda-t-il.

Il avait lancé ça pour plaisanter, ce n'était pas une invite sérieuse. La veille, cela aurait été à prendre ou à laisser. Mais il réalisait maintenant qu'il y avait quelque chose de changé. Si une telle occasion se renouvelait, ce ne serait pas décontracté. Il en voulait pour preuve la façon dont Liv avait réagi quand il l'avait renvoyée dans sa chambre. Il n'y avait plus de désinvolture entre eux.

— Je pense pouvoir me débrouiller, dit Liv avec un sourire forcé, en se dirigeant vers le seuil.

Elle reparut une demi-heure plus tard, avec une meilleure mine, même si elle était toujours fatiguée. Il eut un petit coup au cœur en la voyant, et dut inspirer à plusieurs reprises pour que ça se calme. Son idée lui paraissait soudain stupide, et il se demanda s'il y avait moyen de se dégager. Puis il se rappela l'air blessé de Liv, la veille, et ne put se résoudre à lui faire encore de la peine.

Depuis quand les sentiments de Liv étaient-ils devenus plus importants que les siens ? De toute évidence, il avait franchi une ligne, et il ne savait pas comment repasser de l'autre côté. La meilleure solution qui lui venait à l'esprit était d'ignorer ça. De faire comme s'il ne ressentait pas ces choses. Ou ne les avait pas remarquées. Ne les avait pas identifiées pour ce qu'elles étaient : une source d'angoisse. Alors, il sourit à Livia, aussi simplement qu'il put, et sortit de sa poche les clés de contact de sa voiture.

— Prête ? lança-t-il avec une gaieté factice qui fit grimacer Liv.

— Prête, répondit-elle en versant du café dans son gobelet de voyage.

Ils rejoignirent la voiture en silence, et Adam se demanda si la gêne les avait gagnés définitivement. Il voulait revenir en arrière. Avant la nuit dernière. Avant le moment où il avait éprouvé des sentiments pour elle. Il voulait revenir au stade de sa vie où il avait possédé enfin tout ce dont il avait besoin. Où sa mère et lui étaient établis, à l'abri. Et heureux.

Ce matin, il n'était pas heureux. Il était... déstabilisé. Et chaque fois qu'il regardait Liv, il savait pourquoi. Il se doutait de ce qu'il faudrait faire pour soulever cette sensation d'oppression. Et il ne pouvait pas s'y résoudre. Ne pouvait pas affronter l'idée que le changement qui s'était fait en lui serait permanent.

— Oh ! bon sang, on dirait que c'est ici, dit-il alors que le GPS les dirigeait dans le parking souterrain d'une toute nouvelle tour d'appartements de luxe.

Son agent immobilier, un grand homme blond en pantalon clair et chandail à col en V, les attendait près d'une voiture garée. Il avança, main tendue.

— Salut, je suis Matt, dit-il, se présentant à Liv.

— Voici Liv, dit Adam, domptant une bouffée de panique à l'idée qu'elle passerait pour sa petite amie. Ma collègue, ajouta-t-il.

Il glissa un regard vers elle, désireux de savoir ce qu'elle pensait de cette présentation. Elle haussa légèrement les sourcils, ce qui n'était guère éloquent, et pendant la montée de l'ascenseur il n'en apprit pas davantage.

Quand les portes s'ouvrirent, il lâcha un gémissement étouffé. Il était évident, dès le premier pas hors de la cabine, que cet endroit devait valoir dix fois le montant du budget qu'il avait indiqué à Matt. Comment aurait-il justifié de dépenser des millions dans l'achat d'un appartement alors qu'il y avait, à quelques centaines de mètres, un foyer de sans-abri ? Dont il était le plus gros donateur, et un membre du conseil d'administration. Mais il semblait que tous les agents immobiliers de Londres avaient effectué leur enquête sur sa fortune, décidé à sa place de son budget et pris l'initiative de lui montrer tous les appartements avec terrasse du Grand Londres.

Liv haussa les sourcils en sortant de l'ascenseur et se retourna vers lui.

— Ultra-sophistiqué, observa-t-elle, reculant de quelques pas et gagnant le salon-cuisine, luxueusement aménagé. C'est idéal pour toi qui cuisines tant, ironisa-t-elle en appuyant sur la manette d'un robot de cuisine.

— Je peux apprendre, dit-il avec un sourire.

S'éloignant de la cuisine, elle s'approcha de la baie panoramique qui donnait sur la ville. Il la suivit, et seule la présence de Matt le retint de l'enlacer par-derrière. Au lieu de cela, il se tint aussi près d'elle qu'il était possible pour deux personnes qui se disaient collègues de travail.

— C'est presque la même vue que depuis le toit de Kinley, murmura-t-elle.

— Eh bien, l'appart a au moins ça pour lui, répondit-il avec un sourire, se remémorant la nuit où il avait cessé de combattre ce qu'il éprouvait pour elle.

Cela paraissait parfaitement idiot, aujourd'hui, pensa-t-il. Comme si le fait d'avoir Liv, d'être proche d'elle, pouvait l'amener à la désirer moins ! Et non plus encore. Comme si, une fois qu'il avait goûté à elle, il pouvait se passer d'elle pendant tout le restant de ses jours. Le rouge lui monta aux joues alors qu'il prenait conscience d'être dans un fichu guêpier.

— L'appart ne te plaît pas ? demanda Liv par-dessus son épaule.

— Il me fait horreur, lui dit-il. Sais-tu combien de gens on pourrait loger pour le prix d'un lieu comme celui-ci ?

— Je me disais bien que ce n'était pas ton style, observa-t-elle en se détournant de la baie. Alors, qu'est-ce qu'on fait encore ici ?

Bonne remarque. Il la suivit jusqu'au seuil, où Matt se tenait d'un air d'espoir.

— Alors, qu'en penses-tu ?

— Je pense que, si tu ajoutes encore un zéro à mon budget, je changerai d'agent immobilier.

Matt s'esclaffa.

— Bon, ça valait quand même le coup d'essayer. Je te jure que tu adoreras l'appartement suivant.

Ils introduisirent dans le GPS le code postal que Matt leur avait donné et, quand ils parvinrent devant un immeuble si semblable à celui de Liv qu'il aurait pu passer pour l'original, les mains d'Adam se crispèrent sur le volant.

— Tiens, tiens, dit Liv, ça me dit quelque chose...

Matt descendit de sa voiture et s'empressa de lever les mains pour prévenir les objections d'Adam.

— Je sais ce que tu penses, mais c'est dans ton budget, je te le promets. Un appartement avec jardin.

— Bon, lâcha Adam, se détendant quelque peu. On peut toujours jeter un coup d'œil.

Ils franchirent le perron, l'Interphone à multiples touches sur un côté de la porte d'entrée marquant l'unique différence avec la maison de Livia. Le hall était élégamment tenu, et une deuxième porte menait à l'appartement du rez-de-chaussée. La plupart des cloisons avaient été abattues pour créer un vaste espace ouvert et lumineux. Mais Liv remarqua que les cheminées et les moulures ornementales du plafond étaient si semblables à celles de son appartement qu'elles devaient être d'origine. Les anciens planchers avaient été poncés et cirés, et leur riche couleur dorée apportait clarté et chaleur. Au fond de l'appartement, des portes-fenêtres ouvraient sur une terrasse et un jardin, où le soleil jouait dans le feuillage des hauts arbres qui protégeaient les lieux d'une intrusion curieuse.

Liv observa Adam, immobile au centre de la pièce, mains fourrées dans ses poches.

— Qu'en penses-tu ? demanda-t-elle lorsque Matt s'excusa et les laissa seuls. C'est mieux que le précédent, non ?

Adam acquiesça, mais conserva son air préoccupé.

— Qu'est-ce qui cloche ? s'enquit-elle.

— Ça ressemble beaucoup à chez toi, dit-il.

Même s'il ne développait pas sa pensée, il était clair que ce n'était pas une bonne chose à ses yeux.

— Désolée…

Il se tourna pour la regarder, fustigeant sa réaction puérile sans avoir à parler.

— Il me plaît, dit-il, l'air peiné. Et j'aime bien qu'il me rappelle ta maison, qu'il me donne la sensation de pouvoir devenir très vite un vrai foyer. Mais en même temps…

— Cela te fait peur, acheva Liv. Ce serait donc si terrible que ça de craquer pour moi ?

Elle avait posé la question en étant consciente que c'était déloyal. Que si elle avait dû pour sa part y répondre, elle aurait dit : « Oui, c'est si terrible que ça. »

Adam soupira.

— Je me demande s'il n'est pas trop tard, maintenant, de toute façon.

Liv allait le mitrailler de questions, lorsque Matt reparut.

— Je pense qu'il te plaît, dit-il avec un sourire. Tu veux voir la chambre ?

Adam eut l'air de ne plus pouvoir respirer, et Liv eut l'impression que tout tournait autour d'elle.

— Je vais juste…

Elle se rua vers la sortie.

Une fois dehors, elle s'assit sur la première marche du perron et tenta d'ordonner ses pensées erratiques. Qu'avait-il voulu dire ? Trop tard pour quoi ? Pour ne pas craquer pour elle ? Elle se creusa la cervelle pour trouver tout autre sens qu'on pouvait attribuer à ces mots, mais rien ne lui vint. Adam éprouvait-il des sentiments pour elle ? Si oui, cela impliquait forcément la fin de leur… ce qui les reliait. S'il craquait pour elle, alors, les choses tourneraient mal, ce n'était qu'une question de temps.

Elle tirait peut-être des conclusions hâtives, il avait peut-être voulu dire quelque chose de très différent. Rien n'indiquait que c'était la fin. Il leur restait du temps. Et le fait qu'elle se cramponne aussi désespérément à cet espoir lui révélait tout ce qu'il y avait à savoir sur ses sentiments pour Adam. S'il était trop impliqué, elle aussi. Ils devaient y mettre un terme. La seule question était de savoir qui en aurait le courage le premier.

Liv regarda par-dessus son épaule tandis que la porte de l'immeuble s'ouvrait et qu'Adam apparaissait derrière elle. Matt descendit le perron et, après un rapide au revoir, les abandonna à leur gêne mutuelle.

Adam s'assit près d'elle, sur la marche.

— Alors ? demanda-t-elle en se forçant à sourire.

— Je l'ai acheté.

Elle écarquilla les yeux.

— Même s'il te fait penser à moi ?

Il sourit en retour, mais c'était un sourire sans âme. Un peu triste.

— Est-ce que tu pensais ce que tu as dit ? insista-t-elle en le voyant silencieux.

Il se pencha en avant, les coudes sur les genoux, le regard perdu dans le vide.

— Oui, soupira-t-il. Je pense que oui. Je n'étais pas préparé à tout ça.

Liv hocha la tête. Prit une profonde inspiration.

— Pareil pour moi.

Ils restèrent assis en silence pendant quelques instants encore. S'ils avaient eu un parcours différent, ça aurait été le moment où leurs épaules se seraient rapprochées, où ils se seraient blottis l'un contre l'autre. Le moment où elle aurait pu lui prendre la main, entrelacer leurs doigts au creux de ses genoux. Mais c'était le genre de conclusion heureuse qu'elle n'avait jamais espérée pour elle. Être ouverte à une telle relation impliquait d'être prête à souffrir, et sa drôle de « liaison » avec Adam, ces dernières semaines, lui avait prouvé qu'elle était très mal armée pour gérer ça.

Elle releva les genoux contre sa poitrine, s'enveloppa de ses bras.

— C'est la fin, n'est-ce pas.

Ce n'était pas une question. Elle percevait la chaleur d'Adam, à côté d'elle. L'infime espace qui les séparait lui faisait l'effet d'un gouffre.

— C'est sans doute pour le mieux, répondit-il.

Ce qui ne revenait pas à dire qu'il voulait que ça finisse, mais signifiait clairement aussi qu'il n'était pas prêt à se battre pour elle. Était-ce ce qu'elle voulait ? Ou bien était-ce son ego qui la poussait à vouloir le faire changer d'avis ?

— Je trouve qu'au moins un de nous deux devrait se battre, dit-elle d'un ton songeur.

— Est-ce ce que tu veux ? Te battre ? Essayer de faire que ça marche entre nous ?

Elle regarda dans le vague, devant elle.

— Non, lâcha-t-elle, optant pour une franchise brutale. Mais j'aimerais que tu le fasses.

— Je ne veux pas que ça se termine, avoua-t-il.

Et il était évident, à son intonation, que c'était bel et bien une confession. Elle attendit, car il ne pouvait pas s'en tenir là.

— Mais je ne veux pas non plus être celui qui mène le combat, continua-t-il. Parce que je sais que, si nous continuons, ça finira mal. Tu déguerpiras, et je resterai en manque de toi, incapable de t'avoir, ce qui me mettra au supplice. C'est pour ça que j'ai besoin que tu te charges de ça. Je t'implore de couper le cordon maintenant, avant qu'un de nous ait à en souffrir.

Elle voulut lui prendre la main, mais se contint.

— Je crois que ça va déjà me faire mal, confessa-t-elle. Rompre avec toi, ça fait mal. Mais c'est moins dur maintenant que ça ne le serait plus tard.

Adam hocha la tête.

— Je peux emménager ici dès aujourd'hui, dit-il.

— Mais comment est-ce possible ? Il y a toutes les démarches à faire, le notaire, et...

— Je le loue en attendant de régler tout ça, expliqua-t-il.

Cela ne soulagea guère l'oppression qui lui comprimait la poitrine, constata-t-elle.

— Tu as vraiment hâte de partir.

— Tu as reconnu toi-même que ce serait pour le mieux.

Liv acquiesça, bien sûr, mais elle avait cru disposer d'un peu plus de temps pour s'habituer à cette idée. Elle avait cru qu'ils auraient encore droit à une nuit, au moins.

— Il faut vraiment que ce soit tout de suite ? s'enquit-elle.

Elle s'était efforcée de ne laisser transparaître aucun désespoir dans sa voix. Elle essaya de ne pas se tourner vers le portail du nouveau logement d'Adam, de ne pas penser à la chambre qu'elle avait jugé plus prudent de ne pas visiter. Mais elle lança malgré elle un regard vers la porte, Adam le suivit, et elle devina qu'il savait à quoi elle pensait. Il lui prit la main, la serra, et elle entrelaça les doigts avec les siens alors qu'il l'amenait à se lever et qu'ensemble ils franchissaient le seuil.

12

Adam effleura doucement les cheveux de Liv, endormie sur son torse, en se disant à chaque caresse qu'ils agissaient pour le mieux. Cette étreinte avait été leur dernier feu d'artifice. Un adieu. Sauf qu'ils ne voulaient ni l'un ni l'autre écrire le mot fin. Ils avaient tous les deux admis que, même ainsi, il n'y avait pas moyen que ça continue. Ils s'étaient repus l'un de l'autre. Il avait posé les mains, la bouche, partout sur le corps de Liv. En sachant que c'était leur dernière fois. En sachant qu'il se raccrocherait à ce souvenir, et qu'il avait besoin d'en enregistrer tous les détails, sûr qu'il voudrait le revivre en pensées encore et encore. Il voulait être certain d'avoir tout mémorisé avec précision – le goût de sa peau au pli du coude, la senteur du creux de son cou où s'égaraient des mèches folles. Et aussi, le contact de ses reins sous ses paumes viriles, ses halètements quand elle luttait pour garder le contrôle, son cri rauque quand elle perdait la bataille et s'abandonnait à lui.

Elle remua dans ses bras et, involontairement, il resserra son étreinte. Il retint son souffle, espérant contre tout espoir qu'elle dormirait un peu plus longtemps pour retarder l'instant où il leur faudrait se dire adieu. Elle se détendit dans son sommeil, et il respira. Peut-être auraient-ils encore une demi-heure comme celle-ci. Une heure, s'ils avaient de la chance, avant de devoir revenir pour de bon à la conscience. À la vraie vie. La lumière qui traversait les rideaux se fit un peu plus vive, et il enlaça plus étroitement Liv, cherchant à la protéger de ce qui allait venir. Il y avait des choses pratiques, d'abord : vêtements, douches, café. Une perspective qui n'avait rien de simple dans une maison meublée par l'agence immobilière pour la démonstration plus que pour le confort.

Puis il y aurait le court trajet en voiture jusque chez Liv. Leur entrée furtive sans se faire surprendre. Car si cela avait lieu, il n'y aurait rien de pire. Avoir à s'expliquer au moment précis où il n'y avait plus rien à dire...

Adam embrassa Liv sur le front puis, quand elle remua de nouveau, il se glissa hors de ses bras et ramassa sur le plancher son jean de la veille et le mit. Un geste défensif. S'il se retrouvait encore nu avec elle, ce serait la fin de tout. Autant s'arracher le cœur, tant qu'il y était.

Une fois vêtu, il réveilla Liv en lui donnant un baiser sur la joue.

— Salut, dit-il alors qu'elle s'étirait. Il serait sans doute temps qu'on rentre.

— Il est quelle heure ? s'enquit-elle en se redressant, enveloppée entre les draps.

— À peine plus de 7 heures. On a le temps de rentrer à la maison avant le travail.

Liv hocha la tête, réfléchit. Elle voulut parler, puis parut changer d'avis, et sa bouche se referma sur les mots qu'elle n'avait pas prononcés.

— Puis-je avoir un peu d'intimité ? demanda-t-elle. Il faut que je m'habille.

Adam acquiesça et s'éloigna du lit. C'était donc bel et bien terminé.

Il l'attendit sur le seuil et, quand elle le rejoignit, il verrouilla la porte. Faire ça ici… quelle stupidité ! Pourrait-il jamais remettre les pieds chez lui sans penser à cette nuit avec Livia ? Avait-il gâché son achat le jour même où il était entré en possession de sa nouvelle maison ?

Liv fit tourner la clé dans la serrure en priant pour entrer dans une maison encore silencieuse et sans vie. Ses prières furent exaucées, car le calme régnait dans les lieux lorsqu'elle ôta ses chaussures et, en chaussettes, s'engagea dans le vestibule. Elle ne s'adressa pas à Adam, ne sachant vraiment pas ce qu'ils auraient pu dire pour mettre le point final. Pour finir, ils ne dirent rien l'un et l'autre. Adam s'engagea dans l'escalier, sans doute pour monter dans sa chambre, et Liv descendit dans la cuisine où Rowan était attablée, deux tasses de café devant elle.

— C'est une heure pour rentrer, ça ? lança sa meilleure amie par-dessus son mug, en poussant l'autre tasse de café vers Liv. Comme tu dormais bien plus tard que d'habitude, je t'ai monté une tasse de café. Et qu'est-ce que j'ai trouvé ? Un lit vide, même pas défait !

— Rowan, dit Liv, le cœur battant, gagnée par la panique, je peux t'expliquer.

Mais Rowan continua comme si elle n'avait rien entendu :

— Et quand j'ai jeté un coup d'œil dans la salle de bains, j'ai remarqué que la porte d'Adam était ouverte et qu'il n'était pas là non plus. Quelle coïncidence !

Liv se laissa tomber sur une chaise et prit la tasse de café que Rowan faisait glisser devant elle.

— Tu veux en parler ? demanda cette dernière à l'instant où la porte d'entrée claquait au-dessus d'elles.

C'est alors que Liv sentit poindre des larmes à ses paupières, et elle soutint sa tête d'une main.

— Ce n'est rien. Ou, plutôt, ce *n'était* rien. Quoi que ça ait pu être, c'est fini maintenant, de toute façon, dit-elle en prenant sa tasse avec des doigts tremblants.

Rowan plissa le front.

— Et c'est ce que tu veux ? demanda-t-elle avec douceur.

Liv secoua la tête.

— J'ignore si c'est ce que nous voulons. Mais c'est ce qu'il faut faire.

Elle se rappela alors que c'était son choix. Elle redressa les épaules, se disant qu'elle voulait cette évolution des choses. La souffrance qu'elle éprouvait ne lui avait pas été *infligée*. C'était censé être pour le mieux. Censé la protéger. Elle se tourna vers Rowan.

— Mais que vais-je faire ?

Rowan lui enveloppa les épaules de son bras et la serra contre elle.

— Si tu commençais par tout me raconter depuis le début ?

Liv gémit et enfouit la tête au creux de l'épaule de son amie.

— Tu vas me dire que j'ai été idiote, marmonna-t-elle.

Rowan se mit à rire.

— Si ça arrive, je te promets que je le ferai très gentiment. Je serai bientôt ta sœur, ne l'oublie pas. Tu ne pourras pas te débarrasser de moi !

Le rire qui échappa à Liv était mêlé de larmes. Elle avait cru pendant des mois qu'elle perdrait son amie parce que celle-ci était tombée amoureuse. Elle avait été sotte de ne pas voir, avant cet instant, qu'elle y gagnait plus qu'elle n'y perdait. Ce qui redoubla ses pleurs. Elle finit par s'essuyer les yeux avec la serviette que lui tendait Rowan, et avala enfin une gorgée de café.

— Je crois qu'il me plaît vraiment, Rowan, dit-elle. Et si c'est aussi affreux de ne plus être avec lui, je ne veux pas de ça. Je ne veux pas choisir d'être aussi malheureuse parce que j'ai peur de ce qui m'attend.

Rowan la considéra d'un air pensif.

— J'ai l'impression que tu sais ce que tu veux, en réalité.

— Oui, mais et Adam ? Que veut-il ou ne veut-il pas ?

— Il semble qu'il veuille que tu te battes. À mon avis, le fait qu'il te l'ait dit est révélateur.

— Alors, pourquoi il ne se bat pas, *lui* ? demanda Liv, qui pourtant connaissait les raisons d'Adam.

Rowan soupira, mâchoires serrées.

— Je sais qu'il est plus ou moins tabou de parler de moi et de Jonathan, mais fie-toi à mon expérience quand je te dis de ne pas sous-estimer le pouvoir de l'entêtement...

Liv la fixa.

— Essayes-tu de me dire que je suis aussi idiote et têtue que mon frère ?

Rowan sourit, d'un air plutôt nostalgique, et Liv se retint de ne pas prendre un air écœuré.

— Je dis que nous avons été très près, Jonathan et moi, de ne pas être aussi heureux que nous le sommes, et ça me fait mal de te voir souffrir. Mais quoi que tu décides, je te soutiendrai.

Les larmes jaillirent à nouveau des yeux de Liv.

— Quoi ? Qu'est-ce que j'ai encore dit ? lança Rowan.

Liv réfléchit. Si elle ne pouvait pas se confier à sa meilleure amie, quel espoir avait-elle de surmonter un jour les peurs qui l'habitaient depuis des années ? Elle avoua donc à Rowan ses incertitudes sur leur amitié et sa peur d'être abandonnée en chemin. L'étreinte affectueuse qui accueillit ces confidences lui mit du baume au cœur et lui insuffla l'assurance nécessaire pour avoir une discussion avec Adam. Car, quoi qu'elle ait pu s'imaginer sur ses propres désirs, cela ne pouvait pas être l'état actuel des choses.

Tout en elle, dans ses entrailles, son cœur et sa raison, lui disait qu'ils avaient pris la mauvaise décision. Son corps tout entier se rebellait contre cela. Le seul hic dans son plan lui apparut quand elle monta se doucher et que la porte ouverte d'Adam lui révéla qu'il avait déjà pris ses affaires. Il avait dû les mettre dans son sac de voyage et les emporter au bureau. Elle soupira, sortit son portable et l'alluma. Il était un peu trop tard pour qu'elle parte au bureau elle aussi. Alors, autant travailler depuis la maison. C'était un bonus qu'elle puisse éviter Adam le jour de leur rupture, quand il avait déménagé sans même lancer un au revoir en quittant la maison.

Adam regarda l'horloge sur le mur de son bureau. Il n'était que 8 heures. Rien ne disait que Liv ne mettrait pas du tout les pieds chez Kinley. Mais il avait pensé la même chose la veille, et l'avant-veille, et avait tressailli chaque fois qu'il entendait un pas dans le couloir, jusqu'au moment où il avait reçu son mail le prévenant qu'elle était en télétravail. Il n'était pas sûr de pouvoir supporter encore un jour à guetter, à espérer l'entrevoir et à être toujours déçu.

C'était ridicule ! Il pouvait tout simplement lui téléphoner. Ou même lui envoyer un mail, de façon professionnelle. Qu'elle aurait percé à jour en une seconde. C'était l'une des choses qui lui faisait le plus peur… et qu'il adorait le plus. Il avait été si près de lui demander… Il n'était même pas sûr de ce qu'il avait voulu lui demander. Il était resté là, à désirer ce qu'il ne pouvait avoir, le cœur meurtri, et sans savoir comment réagir.

Il entendit un bruit de talons dans le couloir, mais se rappela que ce n'était sans doute pas elle. Pourtant, quand il leva les yeux, Liv était là, sur le seuil, avec une expression impénétrable.

— Salut.

Elle sourit à demi, et ce fut la plus belle chose qu'il avait vue depuis qu'ils avaient quitté l'appartement où il supportait à peine de vivre, maintenant. Il avait été totalement idiot de passer la nuit là-bas avec elle. Les lieux lui rappelaient Liv, maintenant, plutôt que le nouveau départ qu'il avait projeté.

— Aurais-tu un moment pour discuter ? demanda-t-elle.

Le cœur d'Adam fit un bond.

— Oui, bien sûr. Ici ?

— Je pensais au toit. Dans cinq minutes ?

Il hocha la tête, à court de mots, s'autorisant à peine à espérer. Car non seulement il y avait matière à parler, mais en plus elle voulait le faire dans un lieu qui signifiait quelque chose pour eux. C'était forcément bon signe, non ? Il se passa la main dans les cheveux puis fixa l'horloge, comptant chaque seconde comme si c'était la dernière, comme si son cœur allait s'arrêter de battre.

Cinq minutes plus tard, il se mit en route. Il lui vint à l'esprit au moment où il posait la main sur la poignée de la porte d'accès au toit qu'il aurait mieux fait de consacrer ces instants à réfléchir à ce qu'il lui dirait. La seule chose qu'il savait était que ces minutes d'attente et tous ces derniers jours l'avaient mis au supplice, et que si elle était disposée à tout autre chose qu'à une séparation il était prêt à le tenter. Il prit une ultime inspiration et poussa la porte.

Liv était au bord du toit, appuyée au parapet qui donnait sur la ville. Il inspira profondément, car il ne pouvait pas rester dans l'ambiguïté avec elle. Il ne pouvait pas lui faire ça, ni se l'infliger.

— Liv...

Elle se tourna vers lui, si perdue dans ses pensées que, de toute évidence, elle n'avait pas entendu s'ouvrir la porte. Elle lui adressa un sourire, qu'elle maîtrisa vite, rendit neutre.

— Salut, Adam. Merci de m'accorder cet entretien, dit-elle.

Ils se retrouvèrent bientôt devant la petite table de jardin où ils avaient travaillé la première nuit. Liv s'assit. Alors il l'imita, puis eut aussitôt la sensation que c'était une erreur. Dire qu'ils étaient séparés par cette barrière de fer forgé alors qu'il ne pensait qu'à l'attirer entre ses bras ! C'était sans doute mieux ainsi, raisonna-t-il. Ils avaient besoin de discuter.

— Tu m'as manqué, lâcha-t-il.

Ce n'était pas vraiment ce qu'il avait envisagé de dire, mais c'était la vérité. Et à en juger par le frémissement de la bouche de Liv, elle était heureuse de l'entendre. Cela l'enhardit, et il reprit la parole.

— Tu m'as manqué, ta senteur imprègne mon nouveau lit, et je pense qu'on a peut-être commis une erreur en arrêtant tout.

Elle haussa les sourcils, et il n'eut pas d'autre choix que de continuer.

— Je sais que je... tu... que nous avions décidé que ce serait ponctuel, et que le moment était venu d'y mettre un terme. Mais vu ce que je ressens depuis que nous sommes sortis de mon appartement, nous nous sommes trompés. J'aurais dû me battre contre ça, mais j'avais peur. Et...

Il laissa la phrase en suspens. Car il se livrait sans réserve, et Liv n'avait toujours pas dit un mot. Il était peut-être en train de se fourvoyer tandis qu'elle ne lui avait pas accordé une pensée depuis leur rupture.

Il allait perdre courage quand elle lui prit la main par-dessus la table. Il rencontra son regard, et cela le poussa à finir.

— Donc, je sais que tu avais tes raisons pour redouter ça, et il est possible que je me ridiculise. Mais si tu veux qu'on essaye d'avoir peur ensemble, eh bien, ça me plairait vraiment.

Il vécut la minute la plus éprouvante de sa vie face au silence de Liv.

— Je crois que je suis amoureuse de toi, dit-elle.

Surpris, Adam eut une poussée d'adrénaline, sans trop savoir si elle reflétait la crainte et l'angoisse que de tels mots lui auraient causées une semaine plus tôt, ou l'excitation à l'idée que Liv avait peut-être les mêmes regrets que lui sur la fin de leur relation.

— Est-ce que... tu en es heureuse ? demanda-t-il, car il était impossible de lire l'expression de son visage.

Elle haussa les épaules, ce qui n'était pas précisément une déclaration passionnée.

— Si au moins je le savais ! dit-elle en se penchant par-dessus la table. Tu me plais. Tu sais à quel point. Et ces derniers jours ont été... vraiment horribles. Je ne veux pas renoncer à nous. Mais je trimballe un certain passé, et toi aussi. Alors, si ça tourne mal de toute façon, ou même si ça empire, je...

Il emprisonna ses mains, et elle leva les yeux, rencontrant son regard.

— C'est le risque, admit-il, car elle venait de résumer avec précision ce qu'il ressentait. C'est le risque, n'est-ce pas ? répéta-t-il, attirant à lui les mains fines qu'il avait enveloppées des siennes.

Il avait envie d'attirer Liv sur ses genoux, mais pour le moment il se contenterait de ce geste.

— Nous devons décider s'il vaut la peine de se battre pour ça. Il faut que nous le voulions tous les deux. Pour ma part, je le veux. Cela me fait très peur, mais je ne suis pas prêt à y renoncer. Je n'ai jamais tenté de donner sa chance à une relation, avant, mais là je veux essayer. Avec toi. Et quand tu auras peur, je serai là pour toi, ou pour t'accorder de l'espace si c'est ce qu'il te faut. Et quand c'est moi qui flipperai, tu seras présente pour moi. C'est comme ça que ça marche en général, je crois. Quelle que soit la source de notre peur, on affronte ça ensemble.

Il la vit frissonner, et elle prit un air rembruni.

— Mais si on ne le fait pas ? Si tu changes d'avis et prends la fuite, si tu m'abandonnes et que je me retrouve… seule face à… à tout ce que je *ressens* ? Tu ne peux pas me promettre que tu ne partiras pas.

Ces mots choquants le réduisirent au silence, parce qu'il réalisait qu'elle avait raison. Il ne pouvait pas prendre un tel engagement. Et même s'il le prenait, il ne parviendrait pas à la convaincre de le croire.

— Tu as raison, reconnut-il. Je ne peux pas te faire une telle promesse. C'est là que la confiance entre en jeu, j'imagine. Peux-tu me faire confiance ?

Liv scruta ses traits comme s'ils pouvaient lui livrer la réponse.

— Et *moi*, est-ce que tu me fais confiance ? demanda-t-elle, lui retournant la question.

Adam y réfléchit sérieusement. Mais la réponse ne vint pas de sa réflexion attentive. Elle sortit de ses tripes.

— Oui, dit-il. J'ai confiance en toi. Je pense que tu es honnête avec moi au sujet de ce que tu veux et de ce que tu éprouves. Je ne me suis jamais lancé dans une relation avec l'espoir que ça marche, avant. Alors, je n'ai pas plus d'idées que toi sur la façon d'y parvenir, mais il me semble que nous tenons un bon départ. Si nous nous disons franchement ce que nous voulons, ce qui nous effraye, et sommes d'accord pour affronter ça ensemble, nous agirons comme la plupart des gens qui bâtissent une relation, je crois.

Liv retira ses mains, et menacé par la panique il sentit comme un vide oppressant au creux de sa poitrine. Il prit une grande inspiration pour tenter de s'en délivrer. S'il lui fallait inciter Liv à parler de ce qui la terrifiait, fallait-il en conclure que leur cause était perdue ?

— Si tu m'abandonnes comme l'ont fait mes parents, ça me brisera, et je ne sais pas comment je pourrai y survivre.

Il hocha la tête, car il voyait que la blessure était profonde. Il pouvait seulement se raccrocher au fait qu'elle lui en parlait, au lieu de garder ça pour elle, trop effrayée pour partager ses peurs avec lui.

— Je peux te promettre que je ne disparaîtrai pas, dit-il. Mais c'est à toi de voir si tu es prête à parier sur moi.

Liv parut songeuse.

— Je désire te faire confiance, finit-elle par reconnaître. Et je refuse de vivre un autre jour comme ceux qui viennent de passer. Mais j'aurai besoin de patience. J'aurai besoin de m'entraîner, et ça fera de toi mon cobaye.

Adam finit par se lever et contourner la table pour venir du côté de Liv.

— Est-ce que c'est un oui ? demanda-t-il, non sans percevoir l'espoir qui perçait dans sa voix.

— As-tu bien entendu le passage où j'ai dit que tu serais mon cobaye ? insista Liv, comme si elle ne parvenait pas à croire tout à fait qu'il acceptait ses conditions.

— J'ai entendu que tu veux tenter le coup. Que tu es aussi folle de moi que je le suis de toi.

C'était là l'important, en fait.

Liv leva les yeux au ciel, mais il savait que c'était de la comédie. Et ce qu'il venait de dire était juste.

— Tu n'es pas si mal, je veux bien le reconnaître maintenant, dit-elle.

Il la rejoignit, et souleva délicatement son menton.

— J'en suis heureux, dit-il avec un élan de courage. Parce que je suis en train de tomber amoureux de toi. Tellement vite que j'ai du mal à suivre.

Liv se pendit à son cou et se hissa sur la pointe des pieds pour l'embrasser à pleine bouche, ne s'écartant de lui que lorsqu'ils furent à bout de souffle, et un peu trop excités... sur leur lieu de travail.

— Que fait-on au sujet de... ?

— Du boulot ? demanda Adam.

— Oui. Je veux dire, on garde toujours le secret sur nous ?

Il haussa les épaules.

— Si tu le veux, répondit-il prudemment.

— Qu'est-ce que tu veux, toi ?

— Le crier sur les toits, reconnut-il honnêtement. Sauf si tu tiens à ce que je le fasse pour de vrai.

— Non ! dit-elle en souriant. Il suffit que tu me le dises. Et c'est bon de ne pas avoir à garder de secrets. On pourrait commencer modestement, en le disant à certaines personnes.

— Ta famille.

— Oui, dit-elle avec circonspection. Mais Rowan s'est aperçue qu'on avait découché, l'autre soir, alors...

— Dans ce cas, on pourrait peut-être se voir chez toi de temps à autre. Ce serait bien. Mais je suis content qu'on dispose aussi d'un lieu un peu plus privé.

Liv lui décocha un petit sourire satisfait.

— Je t'ai vraiment gâché l'achat de ton appartement ? En une seule nuit ?

Adam lui décocha un regard sévère, puis l'enlaça plus fort en guise de réprimande.

— Je n'ai pas dit ça pour te réjouir.

Elle l'embrassa doucement, et ne tarda pas à lui mordiller la lèvre inférieure avec plus d'ardeur.

— Puisque ça nous a conduits ici, je ne peux pas m'en lamenter.

Adam eut un large sourire.

— Tu sais, Livia, c'était presque... romantique, ce que tu viens de dire.

— Bon, très bien, je suis ta petite amie officielle. Mais à la maison seulement, pas au bureau. Au travail, nous devons rester professionnels.

Il s'esclaffa, et ne put s'empêcher de souligner que c'était au bureau, justement, qu'ils avaient fait l'amour pour la première fois.

— Oui, mais ça ne compte pas, parce que je te trouvais antipathique à ce moment-là, raisonna-t-elle.

— Et maintenant ?

Elle gémit.

— Tu as vraiment besoin de me l'entendre dire ?

Adam réfléchit à ce qu'il désirait, à ce dont ils avaient tous les deux besoin pour que ça marche.

— Oui, j'ai besoin de savoir que tu m'apprécies. Que tu es aussi impliquée que moi dans cette relation.

— Oh ! bon, d'accord, je t'apprécie, dit-elle d'un air grave, et plus que ça, même. Je n'ai jamais ressenti pour quelqu'un d'autre ce que j'éprouve pour toi. Tu es vraiment spécial à mes yeux. Là, tu es content ?

Il déposa un petit baiser au coin de sa bouche. Elle tremblait un peu, et il n'ignorait pas qu'il lui en avait coûté de lui faire ainsi confiance. Il l'embrassa, l'écrasant contre lui alors qu'elle vibrait à son contact, s'ouvrant à lui, scellant l'engagement qu'ils avaient prononcé. Et il l'étreignit, parce que Liv en avait besoin.

— Il va falloir qu'on retourne au boulot, dit-elle.

— Avant que Jonathan monte nous chercher ?

— Oui, mais aussi pour initier le plus grand lancement de produit de ma carrière.

— Oh ! je sais que tu contrôles parfaitement tout. J'ai entièrement foi en toi. J'aimerais être prévenu d'avance, en revanche, si Jonathan va se mettre à ma poursuite avec un fusil.

Liv haussa les épaules.

— Je n'en sais rien. Il est plutôt protecteur. Mais il est aussi convaincu que nous ne pouvons pas faire le lancement sans toi. Alors, je pense que ta vie n'est pas en danger, pour le moment.

— Je n'ai à me faire de souci que pour ma virilité, si je comprends bien ? Super. Vraiment rassurant.

Se pendant à son cou, elle sourit.

— Ta virilité, je m'en charge.

— Entendu, dit-il avec un rire. Je compte sur toi.

13

Liv débarrassa la table et jeta un coup d'œil vers Rowan, Jonathan et Adam qui, attablés, bavardaient comme si c'était leur habitude. Le bras de son frère aîné reposait sur le dossier de la chaise de Rowan. Leur relation semblait aisée, pensa-t-elle, mais elle savait qu'il n'en avait pas toujours été ainsi. Qu'ils s'étaient désirés pendant des années avant de se lancer et d'essayer de bâtir une relation. S'ils étaient éperdument heureux aujourd'hui, ils avaient perdu des années par peur de s'ouvrir l'un à l'autre et faute d'accepter l'idée d'une liaison.

Elle refusait, pour sa part, de perdre des années, ni même des mois. Elle ne voulait pas avoir à regarder en arrière et regretter de ne pas avoir tenté certaines choses par crainte de l'échec.

Surtout pas à cause de l'attitude de ses parents. Il était hors de question qu'ils lui enlèvent ça, en plus de tout le mal qu'ils lui avaient déjà fait. Elle tressaillit légèrement alors qu'Adam l'enlaçait, pas encore tout à fait habituée à ce qu'ils affichent leur liaison.

— Tout va bien par ici ? demanda-t-il, le menton appuyé sur l'épaule de Liv.

Elle se retourna entre ses bras, et s'appuya contre l'évier.

Elle essaya de ne pas sourire, car elle ne voyait pas de raison de lui laisser voir qu'elle était folle de lui. Cela lui monterait à la tête, et franchement il n'était déjà que trop sûr de lui !

— Je pensais seulement que c'est agréable, reconnut-elle – les baisers sur le cou d'Adam avaient tendance à produire ce genre d'effet sur elle.

— Je suis heureux que tu sois heureuse, lui chuchota-t-il. Parce que je le suis moi-même. Mais pas encore autant que je le serai tout à l'heure quand je te ramènerai chez moi.

— Quoi, tu ne veux pas dormir dans cette maison auprès de toute ma famille ? dit-elle en souriant jusqu'aux oreilles.

— Oh ! cela ne me dérangerait pas vraiment, dit-il, toujours à voix très basse pour ne pas être entendu.

Elle rit, puis lui donna une petite tape avec une serviette. Du coin de l'œil, elle vit que Caleb se levait de table. Se détournant d'Adam, elle lança à son cadet :

— Mais où vas-tu ? Sers-toi donc encore un verre de vin !

Caleb leva les yeux au ciel.

— Pour tenir la chandelle ? Merci beaucoup, mais c'est non.

Livia écarta légèrement Adam pour river les yeux sur son plus jeune frère.

— Je suis désolée. Reste, on se comportera comme il faut. Tous les quatre.

Du coin de l'œil, elle vit que Jonathan retirait son bras du dossier de la chaise de Rowan, puis s'accoudait sur la table.

— Allons, Cal, un dernier verre.

Caleb hésita, puis secoua la tête.

— Désolé, mais je dois parler à quelqu'un.

Liv plissa les yeux tandis qu'ils écoutaient les pas du jeune homme dans l'escalier.

— Vous croyez qu'il nous cache quelque chose ? demanda-t-elle.

— Je n'en sais rien. C'est à peine s'il sort de la maison. S'il a quelqu'un...

— Laissons-lui son intimité, si c'est ce qu'il veut, suggéra Jonathan.

Sa main s'était de nouveau posée sur la nuque de Rowan, et Liv détourna le regard.

— Prête à partir ? demanda Adam.

— Prête, répondit-elle en levant les yeux vers lui.

— Je me demande pourquoi vous vous compliquez l'existence avec deux lieux de vie, lâcha paresseusement Jonathan en regardant sa sœur. Vous n'avez pas passé une seule nuit l'un sans l'autre depuis des semaines.

Il se crispa soudain, et Liv soupçonna qu'il venait de recevoir un petit coup de pied d'avertissement, sous la table. Toujours est-il qu'il ajouta précipitamment :

— Mais ce ne sont pas mes affaires, bien sûr.

Rowan et Liv levèrent les yeux au ciel en même temps.

— Bon, allons-y, dit Liv, prenant Adam par la main et l'entraînant vers la porte d'entrée avant que son frère n'aggrave encore les choses.

— Il a raison, tu sais, observa Adam alors qu'ils sortaient dans la rue. Tu as passé toutes les nuits chez moi depuis... combien ? Deux semaines ? Trois ?

Liv se raidit. Le moment fatal était-il venu ? Tout se passait tellement bien entre eux que du coup elle ne s'était pas avisée que c'était *trop* bien ?

— Arrête de paniquer, dit Adam en lui entourant les épaules de son bras pour la serrer contre lui. Je suis sérieux. Je sais ce que tu penses. J'aime que tu viennes chez moi, mais l'observation de Jonathan est juste. Si nous passons toutes nos nuits ensemble, nous n'avons pas besoin de deux logements.

— Tu pourrais peut-être préparer un peu le terrain avant de lâcher ça, non ?

Il eut un rire nerveux.

— La réponse est non, c'est ça ?

— Ah, parce que tu as posé une question ?

Adam soupira, mais Liv ne lui avait jamais facilité la tâche. Alors pourquoi l'aurait-elle fait maintenant ?

— Il faut vraiment que je le fasse ?

Elle croisa les bras, ne cédant pas d'un pouce.

— Très bien. Liv, veux-tu emménager chez moi ?

— Si tu ne me le demandes pas gentiment, non.

Il l'enveloppa de ses bras.

— *Darling*, dit-il – et elle rit de ce mot ridicule qu'il n'avait jamais employé auparavant. Liv, ma chérie…

— Là, c'est mieux.

— Ma belle. Mon appartement ne devient un vrai foyer que lorsque tu es là, je déteste dormir seul dans mon lit sans toi, et je veux te préparer ta première tasse de café tous les matins. S'il te plaît, veux-tu emménager chez moi ? Là, voilà, tu es satisfaite ?

Là-dessus, il la relâcha et croisa les bras, mimant son attitude. Mais Liv savait qu'il n'était pas réellement fâché. En fait, il lui accordait la possibilité de réfléchir, sans exercer de pression en lui faisant savoir qu'il désirait profondément qu'elle vienne.

— Bon, soit, dit-elle comme si elle lui accordait une faveur. Je m'installerai chez toi. Autant le faire, maintenant que… je suis amoureuse de toi.

Elle vit que les mots faisaient mouche, et s'amusa de le voir stupéfait.

— C'est injuste, protesta-t-il. J'allais le dire avant. Tu m'as volé mon moment !

— Mieux vaut pour moi que tu ne sois pas trop à ton aise, fit-elle avec un sourire satisfait, le corps envahi tout entier d'une délicieuse sensation à l'idée qu'Adam avait de l'amour pour elle. Désolée, dit-elle en l'attirant – sans se sentir désolée du tout. Tu peux le dire maintenant, si tu veux.

— Vraiment, j'ai l'autorisation ? répliqua Adam, sarcastique. Je pensais plutôt attendre. Te dire ça au moment que j'aurai choisi.

Liv sourit. Elle n'avait pas besoin qu'il le dise. Elle le voyait à son expression. Le sentait quand ils étaient ensemble. Il pouvait lui faire sa déclaration au moment qu'il voudrait, s'il y tenait. Elle n'était pas pressée. Ils avaient tout le temps devant eux, et elle pouvait attendre, si c'était pour lui faire plaisir.

Épilogue

— C'est tout ? s'enquit Adam alors qu'ils transportaient les deux derniers cartons dans l'appartement et achevaient d'empiler le tout près de la cheminée.

— Je crois que oui, dit Liv en s'essuyant le front et en considérant le chaos ambiant. Rowan me préviendra par SMS si elle retrouve certaines de mes affaires parmi les siennes.

Après six mois de vie en famille, elle avait décidé de louer sa maison. Rowan et Jonathan avaient déjà cherché ailleurs, et pour sa part elle n'était jamais là, de toute façon. Quand elle avait interrogé Caleb, il s'était contenté de hausser les épaules et de dire qu'il trouverait un point de chute.

Il faudrait qu'elle décide quoi faire de cet héritage. Elle pouvait investir dans l'entreprise, mais les difficultés de trésorerie de Kinley s'éloignaient de plus en plus, et elle avait d'autres idées. Le foyer pour les sans-abri proche de la maison, par exemple. Il fallait seulement qu'elle trouve le bon moment pour en parler à Adam. Une rencontre avec le conseil d'administration de l'organisme caritatif afin de savoir ce qui leur serait le plus utile dans leur travail : un don en espèces ou la propriété elle-même.

Elle était capable d'en envisager la vente parce que le changement avait cessé de lui paraître terrifiant ou déstabilisant.

Il s'était produit dans son existence, ces derniers mois, beaucoup plus de changements qu'à n'importe quelle autre période de sa vie, depuis que ses parents étaient partis sans un regard en arrière. Et elle était plus heureuse qu'elle ne l'avait jamais été.

Ce n'était pas tant à cause de la présence d'Adam – même si elle ne demandait pas mieux que d'être réveillée par ses baisers le matin. C'était d'avoir choisi de lui faire confiance, de se faire confiance et d'avoir foi dans l'avenir qui changeait tout.

— Tu sais, j'aime... cette couleur. Elle te va si bien, dit Adam en tirant sur le T-shirt empoussiéré qu'elle portait, autrefois blanc mais aujourd'hui grisâtre.

Le fait qu'il n'ait pas encore prononcé « les trois mots » était devenu entre eux une plaisanterie rituelle. En fait, Liv ne s'en formalisait pas. Elle savait qu'il les pensait. Et il lui avait suffi de se les entendre dire. Elle les avait même redits en plus d'une occasion, depuis. Pourtant, là, pour la première fois, elle eut le cœur un peu serré de voir qu'il ne les prononçait pas. Ils vivaient ensemble maintenant, après tout.

— Hé ! dit Adam, lui enveloppant le visage de ses paumes et la contraignant à le regarder.

Puis il déclara d'un air incroyablement grave :

— Je t'aime.

Liv laissa éclore un grand sourire.

— Bien sûr que tu m'aimes, répondit-elle. Pourquoi en serait-il autrement ?

Adam se mit à rire, puis l'embrassa si intensément que cela ne laissait aucun doute sur les sentiments qu'il lui portait.

— Je t'aime aussi. Je ne peux pas imaginer ma vie sans toi,

avoua-t-elle, posant les mains sur son torse pour dompter le tremblement de ses doigts.

— Tant mieux, dit-il. Parce que je n'irai nulle part sans toi.

Liv soupira, tandis qu'il lui effleurait la paupière inférieure du bout du pouce.

— Tu me préviendras quand je serai autorisé à te le demander, d'accord ?

— Demander quoi ?

Adam sourit, sans répondre à sa question.

— Quand tu auras trouvé, fais-moi signe, et je saurai alors que le moment est venu.

Elle hocha la tête, un peu étourdie, ayant deviné de quoi il parlait et se demandant s'il serait vraiment furieux quand elle lui ferait sa demande en mariage la première.

Vous avez aimé ce roman ?
Retrouvez les Kinley dès le mois d'avril
dans votre collection Azur !